スペース短歌

初谷むい
寺井龍哉
千葉聡

時事通信社

装画　石神雄介
装幀　大﨑奏矢

「スペース短歌」は、２０２４年、Ｘ（旧Twitter）にて全６回、20時〜21時30分に行われました。出演者は、初谷むい、寺井龍哉、千葉聡。そのうち第３回と第５回には、ゲストをお招きしました。

目次

はじめに

寂しさを慰めてくれる声があります。
明日へと踏み出す勇気をくれる歌があります。
仕事場に向かう車の中や、夜遅くまで勉強に励む部屋などで聴くラジオには、あたたかいパワーがあります。

わたしたち三人は、「短歌を紹介するラジオ番組があったらいいな」と思っていました。X（旧Twitter）を覗いてみると、面白い短歌を発表している方がたくさん！ そういう新しい歌人の、新しい歌について語り合いたい。「こんないい歌を見つけたよ」といろいろな人に伝えたい。

それなら、「あったらいいな」と思うだけではなく、思い切って番組を作ってしまおう！ 三人で話し合い、Xのスペース（音声配信システム）で新しい短歌を募集し、紹介することを思いつきました。それが、この「スペース短歌」なのです。

二〇二四年の四月から九月まで、わたしたちは、月に一度、「スペース短歌」を開きました。それは、まさに九十分間のラジオ番組。数々の音声トラブルに見舞われ、トークが途絶えたりもしました。それでも、みなさんから事前にお寄せいただいたたくさんの短歌の中から、とびっきり面白くて、刺激的で、味わいの豊かな、すばらしい歌をご紹介することができました。

この本は、「スペース短歌」で繰り広げられたトークをまとめたものです。短歌の喜びを多くの方と分かち合いたいという、わたしたち三人の願いは、かなえられたでしょうか。それは、どうかこの本でお確かめいただきたく思います。(でも、ちょっとだけ本音を言わせてください。みなさんに楽しんでいただきたいとトークを頑張ったわたしたちのほうが、じつは、リスナーのみなさんからたくさんお力をいただいていたようなのです……。)

そして、もし「短歌って、なかなか面白いな」と思っていただけましたら、ぜひ、これから、歌を詠む友だちになってください。

スペース短歌一同、こころよりお待ちしています。

初谷むい
寺井龍哉
千葉　聡

第1回

日々の中でなんとなく光って見えること

配信日

2024年4月25日(木)

「走れ、メロス!」ではなく、「歩け、むい!」。

ちばさと スペースを始めてすぐに、こんなにたくさんの方が来てくれた! ありがとうございます。今、開始五分前です。あ、むいさん、入った? こんばんは! あれ? むいさんが消えた? あっ!

むい もしもし! すみません、今めちゃくちゃ外で。

ちばさと え? 外にいるの?

むい 今、急いで帰ってます。

ちばさと (笑)。あ、でも、むいさん、あんまり焦って走ったりしないで! あああ(汗)、あとどれくらいで帰れそう? あ、転ばない、転ばない!

むい でも本当に、間に合うか間に合わないかぐらいで帰れると思うので。

ちばさと ぜぜぜぜ(汗)全然大丈夫! むいさんね、ここに入るの、八時五分ぐらいでいいから、ちょっと★1落ち着いて帰ってきてね（汗）。

むい　はい、ご迷惑おかけします（笑）。

ちばさと　大丈夫です。はい、うん、大丈夫、大丈夫です（汗）。みなさん、何かこの臨場感がいいですね、こういう感じがね★2。

むい　あはは。

ちばさと　はい。ありがとうございます。こうしてる間に、あ、むいさん、いいよ！　走ることに専念して。あ、走るじゃない、歩くことに専念、だね。専念しましょう（汗）。

龍哉　こんばんは。

ちばさと　こんばんは！　あ、よかった！　しかもいい声だ！　いい声だあ（安堵）。ありがとう。じゃ、むいさんが来るまで二人でつなごう！　龍哉くんは、新生活には慣れました？　勤務している大学★3のそばに、お気に入りのカフェを見つけたりとか、同僚と一緒にどこかへ出かけたりとか、ありましたか？

龍哉　カフェじゃないですけど、飲み屋が……。

ちばさと　（笑）。一気に大人の話題になった。

龍哉　結構あるんですよね。昼は定食屋さん、夜は居酒屋さんというところとか。周りの先生に教えていただきながら。

ちばさと　聞くところによると、龍哉くんは、大学の先生方との飲み会のたびに、その場にふさわしくて面白い短歌を、必ず披露してくれるということですが。

★1　動揺のあまり、「ちゃんと」と言うべきところを「ちょっと」と言い間違えている。

★2　千葉氏は、多忙な歌手が移動途中の駅のホームから中継で歌をうたう、昔の音楽番組「ザ・ベストテン」を思い出していたという。

★3　武蔵野大学は、東京都西東京市にある私立大学。かつては土岐善麿、亀井勝一郎、大河内昭爾、秋山駿、阿刀田高、黒井千次も教壇に立った。創作にも研究にも力を入れており、寺井氏は楽しい教員生活を送っている。

龍哉　（笑）。短歌が専門じゃない先生もたくさんいるので、短歌を思い出すと、ちょっと言いたくなっちゃう★1っていう……。

ちばさと　いい大学、いい先生方ですね。さて、開始の時刻！　みなさん、第一回「スペース短歌」です。今回のテーマ「日々の中でなんとなく光って見えること」に、みなさんから二〇〇首以上も短歌をお寄せいただきました。

龍哉　みなさんの歌を読んでいて、「こんなものも光って見えるのか」という発見がありました。人それぞれの日常の、非常に微妙な感覚を覗き見ているような感じがして、少しドキドキしました。

ちばさと　そう。俺も、たくさんの光の存在を教えてもらいました。

むい　大変お待たせいたしました。

ちばさと　ああ、よかった！　むいむい、よかった！　転ばなくてよかったよ。これで三人揃った！　まずは、むいさん、お茶か何か飲んで。落ち着いて座ったほうがいいよ。龍哉くんも飲んでますか？　環境を整えてね。

龍哉　整えてきます。（よいしょ、よいしょ、と何か作業する音）

ちばさと　聞いてくださってるみなさんもお茶とか飲んでくださいね★2。今日は初回ですから、改めましてお二人をご紹介します。初谷むいさんは、二十代ですでに二冊も歌集を出している新鋭歌人のお一人です。第一歌集『花は泡、そこにいたって会いたいよ』★3は、発売直後に即重版！　大反響でした。寺井龍哉くんは「現代短歌

★1　今まで飲み会で好評だった短歌は、次の二首だったという。「電車《でんしゃ》にて酒店加六《しゅてんかろく》に行きしかどそれより後は泥《どろ》のごとしも」（佐藤佐太郎『歩道』）、「あな醜賢《みにくさか》しらをすと酒飲まぬ人をよく見ば猿にかも似る」（大伴旅人『万葉集』巻三・三四四）。

★2　千葉氏は、勤務校の授業で「喉が渇く前に水筒のお茶を飲もう」と呼びかけている。

★3　二〇一八年、書肆侃侃房から刊行。青春の一回性をテーマにした歌が多く、若い

評論賞」を最年少で受賞★4。今は大学で文学を教えている、万葉集の若き研究者です。俺は文学関係で、何かわからないことがあると、すぐ龍哉くんに聞いてしまいます。どんな難問にも五秒で答えてくれる、頼りになる人です。では、投稿歌について、お二人にお話を伺いましょう。

世代を中心に注目を集めた。

★4 評論「うたと震災と私」で二〇一四年に第三十二回現代短歌評論賞を二十一歳で受賞。

スペースは宇宙でもある

龍哉　まずは、この歌からいこうかな。

やわらかい布団の闇を頭まで伸ばせば毎晩うちゅうひこうし　ファブリ

夜寝るときに、布団の、ちょうど顔にかかるところが、やわらかいんですよね。布団を伸ばして頭のてっぺんまで伸ばすと、体がすっぽり包まれて、闇の中に入った気になる。そうすると、いつもの自分の部屋の中で、小さい布団で寝ているだけなのに、毎晩宇宙飛行士になったような気分が味わえる、という歌ですよね。眠りの時間は、休息のためにあるけれど、なんかちょっと楽しい。そしていろいろなことから解放されて、浮き立つ感じがある。そんなひとときを待ち望む気持ちが、よく出ている歌です。

ちばさと　ファブリさんの歌、「うちゅうひこうし」がひらがな表記になっていて、そこにもふわっとした感じがあるかもしれないね。むいさん、いかがですか？

むい　さっき寺井さんがおっしゃった「浮き立つ感じ」っていうのが、宇宙飛行士のふわふわした無重力感と響き合ってるような感じがして、面白いです。やっぱり、布団の中の闇を宇宙に見立ててるっていうところがすごくて、なんて言ったらいいのかな。孤独なんだけれども、無限に広がっている安らかさみたいなものが、お布団と宇宙、確かにちょっと似てるような感じがして、いい歌だなって思いました。

ちばさと　われわれは「スペース短歌」に「宇宙」という意味も含ませて楽しんでるけれど、その第一回に、この宇宙飛行士の歌を寄せていただき、光栄でした。布団のイメージから、闇にもやわらかさがあるような気にさせてくれるところも面白いよね。では、次はむいさん、どうぞ。

むい　はい！　どれにしようかな。なんか、いい歌がいっぱいあって、うふふ。はい、いきます。

産毛さえ愛すというのは産毛だけ愛することでもあった／夏日に　湯島はじめ

相手の細部まで愛するということの表現として「産毛さえ愛す」は存在すると思うんですけど、それをこの歌では「それは産毛だけを愛することでもある」と主張したいんですよね。愛する人の細部を見つめていると、そこに世界の全てがあるかのように錯覚してしまう感じがある。局所的な部分があなたの全てだ、世界の全てだ、というふうになってしまう感覚が、すごく面白い。最後の「夏日★1に」も効いていて、日射しを受けて産毛が輝いている様子が、全体の印象をやわらかく、明るくしてくれています。

ちばさと　ぐんぐん明るくなっていく季節に、あなたのことをもっと深く知っていく。夏への期待感がにじみますね。めっちゃ青春の歌。龍哉くんからもご感想をうかがいたいけれど……★2。では、俺からも一首ご紹介。

病院の帰りにこの世のときめきの原点みたいなビーズをひろう　おくまほ

病院の帰り、闘病中だったり、何かつらい思いをかかえていたりする人が、指輪やネックレスの一部だった一粒のビーズを拾って、そのキラキラに救われるのかな。それをただ「綺麗な」じゃなくて、「この世のときめきの原点みたいな」と詠む。一つのときめきが、つらさを乗り越える力をくれる。

むい　「ときめきの原点」っていう表現が、すごいですね。世界のときめきがここから始まってるんだっていうような大きな存在感。自分を救ってくれるような輝きを一個のビーズが持っていた。そういう世界の切り取り方がすごくうまいです。胸に残る歌でした。

★1　気象用語としては、一日の最高気温が二十五度以上になると夏日と認定される。ちなみに真夏日は三十度以上。

★2　このとき、寺井氏はスマホの調子が悪く、スペースから離脱していた。このスマホ不調が、のちにとんでもない事態を引き起こすことになろうとは、まだ誰も気づいていなかった。

ちばさと　おくまほさん、ありがとうございました。

日記ブーム到来!?

ちばさと　では、むいさん、次の歌をお願いします。

むい　じゃあ、この歌を。

そこからはひかりみたいだ見返せばたった四日の日記のぼくは　鈴木ベルキ

読解としては、おそらく四日分しか日記を書いていなかったことによって、残りの日付の分、あるいは未来のページも、ずっと何も書かれていないのかもしれなくて、その部分の真っ白さが光のように感じました、っていう歌なのかな。惹かれたポイントとしては、「たった四日の日記のぼくは」っていう促音が続くリズムですね。

ちばさと　確かに。「たった四日の日記のぼくは」……（何度か繰り返して）、これ、すごいね。朗読すると、気持ちいいですね。

むい　このリズムの軽やかさにすごく惹かれて。四日分しか日記をつけていない自分自身も肯定するような力のある短歌だなって。

ちばさと　五日目からは、白いページの連続で、それがずっと未来につながっていく。

未完成さ、可能性が無限に開かれていく。この歌を思い出します。

まだ何も書かれていない予定表
なんでも書ける
これから書ける

俵万智『とれたての短歌です。』（角川書店、一九八九年）★1

四月、新学期に、必ず思い出す名歌です。むいさんは日記を書いたこと、ありますか？

むい　実は今年から書き始めました。

ちばさと　じゃあ四か月で、もう一〇〇日ぐらいは続いている？

むい　そうなんです。何とか続いてます。

ちばさと　お、いいぞ、いいぞ。

むい　でも、本当に、毎日「起きた、何食べた」しか書いてないですけど（笑）。

ちばさと　何食べたって書くのはさ、武田百合子の『富士日記』★2みたいでいいよね。じゃあ、『初谷むい全集』を出すときには、第二十巻が「日記編」になるのかな。で、その前の十九巻は「スペース短歌編」になる（笑）。

むい　いやいやいや（笑）。

ちばさと　この録音そのものは残るかわからないけれど、『スペース短歌』という本は残るでしょう。それが全集に収録されるといいなぁ。さて、そろそろ寺井龍哉くん

★1 俵万智（一九六二〜）歌人。一九八七年刊行の『サラダ記念日』は大ベストセラーに。エッセイの名手でもある。最新歌集は二〇二三年の『アボカドの種』。『とれたての短歌です。』は浅井愼平氏の写真とのコラボレーション歌集。

★2 武田百合子（一九二五〜一九九三）は、作家・武田泰淳の夫人。独自の感性で綴られた『富士日記』はロングセラーになる。

は戻って来たかな？　入ってこい！　龍哉くーん？

龍哉　はい。

ちばさと　よかった！　よかった！　しかもいい声だ[★1]！

龍哉　聞こえてます。すみません、スマホが不調で。

ちばさと　今の話、ついていける？

龍哉　大丈夫です。日記、実は僕も、書き始めました。

ちばさと　え、いつから？

龍哉　今年度かな？

ちばさと　まだ始まったばっかりじゃん（笑）[★2]。

龍哉　なんか忙しすぎて、いろいろ忘れちゃうので。はっとしたこととか、本当にそれこそキラキラ光って見えたようなことを、ちょっと記録しておきたくて始めました。

ちばさと　へえ、二人が始めているんなら、俺も始めようかな[★3]。

龍哉　千葉さん、仕事柄、書いていそうだけど。

ちばさと　高校生のときは毎日、書いてたんだ。十代後半で、世の中の移り変わりが怖かったり、人間関係に悩んだり。そういうことを全部！　しかも大学ノート十五冊分！

むい　超大作ですね。

ちばさと　恥ずかしいから、今まで何度も捨てようと思って。でも、「捨てちゃったら、

★1　寺井氏はラジオ「文芸選評」（NHKラジオ第一）などに出演すると、よく声を褒められる。

★2　このスペースは四月二十五日に実施。

★3　これを世間では「負けず嫌い」という。

もう取り返しがつかないんだよな」と思って捨てられなくて……。二十代の頃は、たまに読み返したりもしたんだけれど、もういい大人になってからは読み返してもいない。

龍哉　捨てたくなる気持ちは何度も襲ってくるけれども、それに負けないでちゃんと保存するのがいいんだって、いつだったか、みうらじゅんさんが言ってましたよ★4。

ちばさと　本当に？（笑）

龍哉　うん、本当に貴重ですから。

ちばさと　いやそんな貴重にならないと思うけど。むいさんの『食べ物日記』のほうが、世の中に歓迎されると思うよ（笑）。

むい　いやいや（笑）。

ちばさと　じゃあ、龍哉くんが戻ってきたところで、二首目をどうぞ。

龍哉　これはちょっと笑っちゃった歌なんですけど。

牛丼に乗っけるカレー　花束でつくる束束　生きていこうね　石川真琴

ちょっと難しいかなっていう気もする歌なんですけど。「牛丼に乗っけるカレー」で一字空け、「花束でつくる束束」でまた一字空け、最後に「生きていこうね」で終わるんですけど。これ要するに「世の中にはいろいろデラックスなものがあるよ」っていうことなんじゃないかと思いました。

★4　みうらじゅん「超エッセイ論　エッセイはもうひとりの自分が書く」（『kotoba』二〇二四年春号）によると、中学生、高校生時代に書いたエッセイは自ら和綴じで製本したものが多数残っているという。

ちばさと　牛丼っていう最高に嬉しいものに、さらにカレーが乗ってる★1となると、もう最高だね！

龍哉　ええ、嬉しいですよね。それから「花束でつくる束束」。花束一つだけでも立派なわけですが、それがワーッと集まってさらに大きな花束ができると、それが「束束」になる。常軌を逸したすごいデラックスなものっていうのが世の中にはある。だから、それを一つのよすが、希望にして生きていこうという歌かなと思いました。

むい　寺井さんの評は、もちろんその通りなんですけど、私はどっちかっていうと「震え声」の短歌かなと思って。牛丼にカレーを乗せるっていうことも、花束を集めてさらに束にして束束を作るっていうことも、やっぱりどこか過剰。デラックス。ちょっと無理をしている感じもするんですよね。そこまでする必要ってないから。

ちばさと　あぁ、そうなのか（驚）。

むい　いや、わかんない。ただ、私はそう読んだんです。結句の「生きていこうね」が、それゆえに若干震え声の感じがするっていうか。それまで無茶してる感じに続いて「生きていこうね」って出てくることで、すごく必死で、それこそ本当に無理しながら「生きていこうね」って言ってる感じもするのかなと思って。「牛丼に乗っけるカレー」というと豪華だけれど、そこまで無理する必要もないでしょう。「花束でつくる束束」も、もちろんデラックスで素敵だけど、やりすぎている感じもする。一見明るい歌なんですけど、その裏にある無理しているような、必死さのようなものも一つのスパイ

★1 牛丼のチェーン店「吉野家」は二〇〇四年に牛カレー丼の販売を始めた。

スというか魅力なのかなと感じます。

ちばさと　さすが！　感情の震えの専門家・初谷むぃ！

むぃ　（笑）。恐縮でございます。

ちばさと　むぃさんの圧倒的な名歌というと、

ふるえれば夜の裂けめのような月　あなたが特別にしたんだぜんぶ

初谷むぃ『花は泡、そこにいたって会いたいよ』（書肆侃侃房、二〇一八年）

やっぱり、むぃさんに「震え声の歌」★2と評されると、説得力がある！

龍哉　私の解釈も、初谷さんの読みと正反対というわけでもないのかな。でも、かなり方向性は違っているかな。今、初谷さんは、牛丼にカレーを乗っける必要性はないみたいなことを話していたけど……。

むぃ　いや、それは「必要性はある」でもいいと思いますけど（笑）。

龍哉　いや、必要は大いにあるある（笑）。

ちばさと　そこはまあ、もしかしたら牛丼観、カレー観の違いかもね。でも、ここを議論すると、この三人が、ただ食いしん坊なだけになっちゃうよね（笑）。石川真琴さん、いい歌でした。では、千葉のほうからご紹介。

★2　初谷氏が短歌を作るときに大切にしていることの一つは、「本気かどうか」。本気のことを言うときって怖いし、緊張して、声が震えてしまうけれど、それでも本気で伝え続けることが歌にとって大切な気がする、とのこと。

泣き虫のまんまで歩くどこまでも　きみのすり傷じくじく光れ　丸山永司

　最後の「光れ」の前までは、とっても悲しい歌。悲しみをこらえている感じがする。擦り傷が、本当に涙が出てしまうくらい痛かったかもしれないし、血が出てるかもしれないし。それが最後、「光れ」って、まるで「きみ」の存在そのものを全部肯定して、応援することに転じている。最後で一発大逆転！

龍哉　確かに、傷を「光れ」と言っているのがすばらしい。血がちょっと出ているような傷って、よく見ると光ってますよね。陽を受けたりして、そこだけが生々しく光る、キラキラしてる。それが一つの勲章というか、自分の誇りになってる。

むい　他の誰かが「きみ」を見ている、というのがあたたかさを生んでいると思う。「きみの」って言っているので、どこまでも歩いていく「きみ」を誰かが見守っているんだろうなと。これって、応援歌ですよね。

龍哉　普通なら「じくじく」っていったら、「光れ」とは続かないでしょう。その意外性がいい。

ちばさと　さっき、むいさんが「応援歌」って言ってくれたけど、丸山永司さんは、現役のミュージシャンなんだ★1。だから、短歌を詠んでも、どこかソングにも通じるようなところがあるかもね。

むい・龍哉　へー、そうなんだ。

★1　丸山永司として「レインコートさん」がJOYSOUND系列のカラオケで配信中。

それを「走る」と言うのでは？

ちばさと　はい、ありがとうございました。前半はここで終了。さてここでミニコーナー「今まであまり言ってこなかったけれど、好きなこと」を始めます。今回は寺井龍哉さんにお話しいただきます。

龍哉　はい。実は、このコーナーを提案したのは私です。よく考えてみるとあんまり人前で明かしていないな、ということが結構あるなと思って（笑）。

ちばさと　（笑）。無理して言わなくてもいいけどさ。でも、せっかくのコーナーだから、話せる範囲でお願いします。四月だから爽やかな話題を（笑）。

龍哉　はい。実は、私は歩くのがとにかく好きなんです。散歩っていうのとはちょっと違って、かなり高速で、いろんなところを歩き回るんです。

むい・ちばさと　（しばらく笑）。

ちばさと　高速でって（笑）。それ、「走る」って言うんじゃないの（笑）。

龍哉　走らない。決して走らないんです。

むい　走らないのね（笑）。

龍哉　走ったらいけないんです。改めて振り返ってみると、高校生のときからそれが始まっていて。少し遠くまで行って、家に帰るときに「この距離って、仮に歩いたら一時間かかるな、一時間半かかるな」と思える道のりを、無理して歩いてみることにする。それを今でも時々やっていて。それが、もうなんか趣味みたいになっていて。本当に、私はかなり汗をかくので、冬でもそれやって汗だくになって家に着くんです。でも、まあ、決して走ってはいません（笑）。走ると息が切れますからね★1。

ちばさと　すごい。走らなくても、疲れてるじゃん（笑）。

龍哉　通っていた高校が、駅から徒歩十数分のところにあって、私は割と寝坊する人間だったので、結局、遅刻ギリギリになりそうなときがありまして。そこから生まれた趣味なんです。

ちばさと　むいさんは、走る、歩く、についてはどうですか？　結構歩くの？

むい　いやあ、根性があるので、歩き続けることは可能なんですけど……。

龍哉・ちばさと　いいねえ！

むい　でも、体力がないっていう……。

ちばさと　根性はあっても体力はない（笑）。

むい　はい！　だから根性だけでどこまでも歩いてる日とかはあります。

ちばさと　さすが！　さすが、海の王者。

龍哉　何ですか、それ？

ちばさと　むいさんはね、大学で水産学部だったからね、船の実習があって大変だったんだよ★2。

龍哉　そうか。だから根性がある。

★1　ちなみに、早歩きした最長距離は約15キロメートルだという。

★2　初谷氏は、北海道大学水産学部の出身。海辺での合宿や乗船実習など、ユニークな経験ができたそうだ。

むい　そう。根性はある。うん。
ちばさと　だから、この三人で無人島に流れ着いたら、たぶんむいさんが勝ち残るよね。
むい・龍哉　（爆笑）。
ちばさと　ありがとうございました。お聴きのみなさんも、歩くことにこだわりがありますでしょうか。ぜひ寺井龍哉くんに街中で会ったら、一緒に速く歩いてみてください。
龍哉　千葉さんは走っちゃうんでしょ。
ちばさと　うん。俺、走るのが大好きだけれど、歩くときはちゃんと、優雅に歩きたいな。周りを見たり、空の色を確かめたりしながら。
龍哉　僕、ゆっくりはね、歩けなくなっちゃったんですよね（笑）。
ちばさと　それって、せっかちなんじゃないの？
龍哉　どうなのかな。いや、せっかちとは違うな。速く歩いて、どんどんいろんな景色が、自然が、ずんずん体の中を通過していく感覚が好きっていう★3。
ちばさと　こんな名歌もあるね。

抜かれても雲は車を追いかけない雲には雲のやり方がある

松村正直『駅へ』（ながらみ書房、二〇〇一年）★4

★3 前田夕暮「自然がずんずん体のなかを通過する――山、山、山」（『水源地帯』）は、一八九二年、斎藤茂吉、土岐善麿、吉植庄亮とともに朝日新聞の飛行機に搭乗して競詠を試みた際のもの。

★4 松村正直〔一九七〇〜〕歌人。歌集に『風のおとうと』『紫のひと』など。

だからね、速く行かなくていいんだよ(笑)。では、ミニコーナーはここまで。龍哉くん、ありがとうございました。みなさん、ぜひわれわれに会ったときには、一緒に街中を歩きましょうね。でも、転ばないようにそれぞれの速さで、お願いします。では、次に龍哉くんから、ご紹介したい歌をどうぞ。

龍哉　はい。では、春らしい歌を。

春はあけぼの。毛布のやわらかいところ。そしてシーツのつめたいところ　黒井いづみ

春のあけぼの、つまり早朝の時間帯。目が覚めた、ちょうどそのときかな。「やわらかい」「つめたい」と言ってるから、触ってるんです。急いで起きなきゃいけないとか、何かをしなきゃとか、そういう感じじゃなくて、のんびりしていられる時間に、見えたもの、触れたもの、感じたものを列挙している。『枕草子』★1の冒頭になぞらえて。

むい　すごくいい歌だなと思って。そうですね。毛布が自分の上にあって、シーツが自分の下にある。で、何となく自分の存在感を最後にちょっと感じるっていうか。ゆったりした感じで、自分が物とつながっているように感じられる構成も見事で。

ちばさと　そう、構成がいいよね。「温かい」と「冷たい」というわかりやすい対比じゃなくて、「やわらかい」と「つめたい」を並べている。微妙なずらし方がうまい

★1　清少納言による、平安時代の随筆。冒頭の「春はあけぼの」がよく知られている。

なあと思った。それに、これは朝の歌でしょ。この歌を思い出します。

夜をください　そうでなければ永遠に冷たい洗濯物をください

服部真里子『遠くの敵や硝子を』（書肆侃侃房、二〇一八年）★2

この夜の冷たい洗濯物の歌と、どこか響き合ってる気がして。「冷たい」に存在感があって、ドキッとさせられる。

龍哉　そう考えると、あったかすぎるのが、不快なこともありますよね、布団って。そのときに冷たいところに体を投げ出して、すごく気持ちいいこともある★3。

むい　冷たさを求めるとき、私は足をムニュっと伸ばしたりします。

ちばさと　この歌は、そういうアクションまで想像させてくれるのかも。状態だけをうたっているんだけれど、動作とか、その移り変わりもちょっと見えるような気がします。黒井いづみさん、ありがとうございました。やはり三人で話すと、解釈が広がって面白いね。

それは「私」がやったこと？「友だち」がやったこと？

ちばさと　むいさん、次の歌、どうぞ。

★2 服部真里子〔一九八七〜〕歌人。歌集に『行け広野へと』『遠くの敵や硝子を』。

★3 ちなみに、一般的に、熟睡しやすい布団内の温度は三十三度くらいだと言われている。

むい　はい、うん。よいしょっと……。うん、すいません、ちんたらと。よいしょっと！（何やら動かしている）。

ちばさと　いや、いいんですよ。こうして待っている時間も楽しいもんですね。どの歌が出てくるか、ドキドキしながら。

むい　じゃあ、また黒井いづみさんの歌になりますが、

友だちの夢は当たりの夢だろうドーナツひとつ持って帰って　黒井いづみ

「友だちの夢は当たりの夢」が、すごく魅力的なフレーズです。夢って自分じゃ選べないから、くじ引きみたいな感じで「当たりだ、外れだ」っていうのがあるなというのを発見させてくれて、面白かったです。で、そのあとが、「ドーナツひとつ持って帰って」。上の句の明るい雰囲気と響き合う、明るい下の句ですね。読んでいてなんとなく嬉しくなる感じがして、とてもよい歌でした。

ちばさと　ドーナツの名歌になりそうな予感がしますね。では、ドーナツと言えば、ドーナツが大好きな龍哉くん、どうですか。

龍哉　僕は、もなかのほうが好き★1（笑）。悪夢を見ちゃうこともあるし、楽しい夢を見ちゃうこともある。だけど今の歌では、よいほうの、当たりのほうの夢を見たんだろうって、そういうことですかね？

★1　著者各氏の好きなおやつランキングはこの通り。

初谷むい
一位：季節の果物／二位：パフェ／三位：ソフトクリーム。

寺井龍哉
一位：もなか／二位：月餅／三位：かりんとう。

千葉聡
一位：生クリームのケーキ／二位：生クリームがのってるパフェ／三位：チョコパイ。

むい　はい。

龍哉　その友達と会って、友達が見た夢の話を聞いて、その後友達のところから帰ったってこと？

むい　私は、友達が夢の中に出てきてくれて嬉しかった、っていう歌なのかなって。

ちばさと　俺もそう思った。

龍哉　なるほど。それで「ドーナツひとつ持って帰って」は誰がしたの？

ちばさと　友達が「ドーナツひとつ持って帰って」きてくれたから、当たりだ！　よい友達だ！　ドーナツをくれてありがとう！

龍哉・むい　え、そうなんだ！　えー!?

ちばさと　え、違うの!?

龍哉　たぶん違うんじゃない？

むい　「ドーナツひとつ持って帰って」って、そういうことか。私は「友だちの夢は当たりの夢だろう」は、「友達の出てくる夢を見て、私はとても嬉しかった」。そして、「私がドーナツをひとつ持って帰りました」。全部、「私」の話なのかなって思って。

ちばさと　俺は「ドーナツを持って帰ってきてくれた友達の夢を見た」んだと思った。「大好きな友達だから、夢で会えて嬉しい、ラッキー！　当たりの夢だな」って。で、その友達がドーナツ一つ持って帰ってきてくれて、「ああ、いい友達。ドーナツも大好きだし。なんて幸せな設定の夢だろう」。すごくラッキーな夢の歌かと（笑）。駄目かな？　俺が食いしん坊なだけかな？（笑）。

龍哉　いや、食いしん坊さ加減で言うと僕も負けてないから。たぶん（笑）。どうかな。でも、そうか、そうなんだ……。いろんな読み方ができますね。

むい　「友だちの夢」っていうのが、一つのポイントですよね。「友達が見た夢」なのか、「友達のことを夢に見た」のか。

ちばさと　「友達が見た夢」だとしたら、その友達が「当たりの夢を見る・ハズレの夢を見る」っていうのがあるわけでしょ？　アイスの棒の「アタリ・ハズレ」みたいに、いい夢も悪い夢も見るって言ってるよね。

龍哉　僕はそうだと思ったんですよ。

ちばさと　そしたら、龍哉くんは、「ドーナツひとつ」はどう読んだ？

龍哉　その友達と会って喋って、友達が前夜なんかに見た夢の話を私にしてくれて。「うん。そりゃあ、いい夢を見たね！」「当たりの夢を見たね！」みたいに話して、それで、その友達に会ったその場から、ドーナツを一個いただいてきましたって。そういう……。

むい　（笑）。そうなのか。

ちばさと　全然違かったね。

龍哉　はい。

むい　えー、面白い！

ちばさと　面白いね。歌人三人がね、こんな真剣に読んで、全然違うってすごいですね。やられましたね。黒井いづみさんのこの歌、読者それぞれに違う読み取りがあるかもしれないですね。読み方が違っても、なんとなく魅力がある★1。そして読みを披露し合うと、解釈が広がってますます面白くなる。大いに話題になりそうな歌ですね。

龍哉　面白いな。

ちばさと　面白いね。春で食べ物で友達って言うと、こんな名歌があります。

春がすみ　シュークリームを抱えゆく駅から遠いともだちの家

東直子『春原さんのリコーダー』（ちくま文庫、二〇一九年）★2

食べ物、そして「ともだち」。「シュークリームを抱えゆく」と「ドーナツひとつ持って帰って」。持っていくところに嬉しさがこもって、光って見えるような歌。黒井いづみさんの歌を読みながら、東直子さんの名歌を思い出しました。この二首が友達同士のように響き合って感じられます。では、千葉から次の歌を。

サイダーの最後のひとくち飲み終へて空のあをさに気づいてしまふ

有村桔梗

サイダーを飲みきって、そのボトルの向こうに空が見える。空の青さが集まって、

★1　短歌は、読み方が一つに定まることが必ずしもいいことだとは限らない。人によってさまざまな受け取り方ができるところも、短歌の魅力の一つである。

★2　東直子〔一九六三〜〕歌人・小説家。『春原さんのリコーダー』は第一歌集。小説『いとの森の家』で坪田譲治文学賞を受賞。

ボトルがキラッと光るかもしれない。「ああ今日はこんなに光に満ちた空で、ずいぶん遠くまで青く見える。もう夏が近づいてきてるな」という思いかな。

龍哉　「空のあをさに気づいてしまふ」が、とてもいいですよね。瓶の向こう側に空が見えるって、なるほどと思いました。飲みきるところなので、かなり瓶を傾けないと最後の一口に届かないわけですよね。それで顔は上を向くようなことになって、飲んでるときに、ふと空に目がいったっていう、そういうことなのかな。「気づいてしまふ」には「見ないほうがいいもの見ちゃった」みたいなところもあって、あまりにも空が透き通っていて、うっとりするんだけど、何だろう、それを見ちゃったことで、ちょっと午後の仕事に差し支えるみたいな感じが（笑）……きれいなものを見たときの心の動揺ですよね。面白いなと思います。

ちばさと　心の動揺か。さすが寺井龍哉。さすが青春歌人！

むい　私は何て言うか、希望みたいなものに、気づきたくないけど気づいちゃうときとか、本当は嬉しいんだけど、それに気づいちゃうともっと頑張らなきゃいけなくなるとか、自分の可能性をもっと何とかしなきゃいけなくなるみたいな。そういう、希望に気づいちゃうときの切迫感とか、ドキッとする感じがあって面白いなと思いました。

ちばさと　ありがとう。二人の話を聞くと、「空のあをさに気づいてしまふ」の「しまふ」の力が見えてくるね。「飲み終わったときの歌」というと、

500ミリペットボトルを空にしてからからとその軽さを愛す

松村正直『駅へ』(ながみ書房、二〇〇一年)★1

という名歌があります。ペットボトルの透明感。有村桔梗さんの歌は、ボトルじゃなくて、その先にある青さを発見している。近くにも、遠くにも、見るべきもの、発見がある。さて、みなさんの歌を、時間のある限りどんどん紹介しましょう！

まるで早歩きで立ち去ったかのように……

ちばさと　では、次の歌を、むいさんから、どうぞ。……あれ？　むいさん聞こえる？……聞こえてるかな？（……無音……）みなさん、スペースの不調らしいです。少々お待ちください。初回から「ちばさとめっちゃ動揺する」の巻ですね。みなさんには、この声が聞こえていますか？　もう一度いきましょう！　むいさん、聞こえる？

むい　あ、はい。

ちばさと　よかった。龍哉くん、聞こえますか。

龍哉　（……ひたすら無音……）

むい　あれ？（笑）

ちばさと　龍哉くん、聞こえなくなった。

★1　23ページ参照。

むい　私と入れ替わりですね……。

ちばさと　今、何の現象が起きているんでしょうね。むいさん、途中で俺の声が聞こえなくなった?

むい　私は今スペースに残ってるのですが、今ちょっと……。あ、寺井さん、たぶんこっちの声が聞こえていないんでしょうね。

ちばさと　何か世界が変わってしまったような……。世界が分断されてしまったようですね（苦笑）。

むい　寺井さんに今、DM★1してみます。

ちばさと　ありがとう。何かパラレルワールドに入り込んでしまったような感じですね。みなさん、すみません。でも、あの、本当にこういうトラブルも含めて、スペース短歌を楽しんでいただけたらな、と……。むいさん、龍哉くんはメッセージ、読んでくれたかな?「スペースに入り直してみてください」と送ったんだけど。おーい、おーい、龍哉くん……。

むい　あ、「わかりました」とのことです。

ちばさと　ありがとうございます。本当に大丈夫かな。今、こんなトラブルの最中も、お聞きくださる方がたくさんいらっしゃるので、次の歌にいきましょうね。

むい　はい。そうですね。じゃ、次の歌は、

白線の上だけ歩く子どもたち　良かった　あの日のワニは生きてる　猫背の犬

★1　Xの機能、ダイレクトメッセージのこと。ユーザー個人と直接やり取りができる。

道路の白線のところだけを歩いていく遊びって、子どものときによくやったんじゃないかな。白線以外のところは沼になってて、怖いワニがいるから落ちちゃいけない、みたいな想定で。今を生きる子どもたちが白線渡りをして遊んでるのを見かけて、大人になった自分がかつて遊んでもらってた怖いワニが、今もちゃんと生きていて、今の子どもたちとも遊んでるのね、っていう歌だと思いました★2。

ちばさと　ワニ、よかった！　生きてた！

むい　その見立てがすごい面白くって。私なら「あのときのワニが生きてた」とは思えない（笑）。その発想がすごく嬉しい。

ちばさと　子ども時代に怖かったワニを、大人になってもまだ思い出せるって、いいですね。猫背の犬さん、ありがとうございます。では、龍哉くんを待っている間に、千葉からもご紹介します。

目高らも恋の季節かいつもより澄ました顔でつつと泳ぎぬ　千々岩清

あたたかくなって、メダカ★3がどんどん増えていく、華やぐ春をうたっているけれど、「澄ました顔でつつと泳ぎぬ」の「つ」が二つ重なって、水紋が広がっていくようなイメージが広がります。

むい　へー。うんうん。なるほど「つつ」っていうひらがなの形状が、実際に水紋の

★2　白線やタイルの上しか歩いてはいけない、というルールを自らに課して一人遊びをすることを、心理学では「アフォーダンス」と言う。

★3　小さなかわいい淡水魚。学校で飼育していた、という人も少なくないはず。

輪が広がっていく様子と似ているんですね。すごくおしゃれだなって思いました。

ちばさと　こんなふうにして恋を軽やかに捉えるのは、気持ちがいいですね。では、龍哉くんは、どうなったでしょうか。ん？　まだつながらない？　では、彼が戻ってくるのを信じて待とう。じゃ、二人でばりばりつなぎます。むいさん、次の歌をどうぞ。

むい　はい、では、この歌をお願いします。

少しだけ怒った時に僕というあなたのうつくしい表記揺れ　　鳥さんの瞼

「あなた」の一人称が変わる瞬間に気づく、ときめく現象だと思うんですけど、それを「表記揺れ」って詠んだことが、ものすごくかっこいいし、発見だなって感じました。怒ることっていちばんの感情の揺らぎでもあると思うので、その表記揺れの「揺れ」とも響き合ってると感じて素敵です。全体的に情報量に過不足がないというか、完璧な感じがする、端正でクールな歌だなと思いました。

ちばさと　なるほど。「表記揺れ」に、揺らぐ気持ちを読み取るというのが、初谷むいが惹かれるポイントなんですね。あと「あなたのうつくしい」っていう表現もいいよね。

むい　はい。すごくいいと思います。

ちばさと　この「うつくしい」ってなんかすごく大げさな言葉だし、美しいと決めつけて、一方的な言葉になっちゃうこともあるけれど、あなたをどんなに思ってるかを表すと、美しいとしか言いようのないこともあるし。「大きなことを考えたら大仰な言葉で言いたくなる」という『赤毛のアン』★1を思い出したりしますね。それに、「少しだけ怒った時」っていうのもまたいいよね。めっちゃ怒ったときは、絶対心が震えるけれど、少しだけ怒ったときの風情も、いいような気がする

むい　そうですね。「少しだけ」っていうのもポイントですね。

ちばさと　やっぱり俺は、この歌は恋の歌だろうと思うし、恋の歌って、詠むときに、自分の揺れと相手の心の揺れとか、そういうシンクロする揺れに気づいて、それをいろんなバリエーションで詠みたくなる。「心の揺れ専門家」のむいさんは、どうですか。

むい　そうですね。心が揺れるのってほんの一瞬のことだと思うのですが、その一瞬って、自分にとっては宝石よりも価値があるようなきらめくものなのかなって。そういう瞬間を歌で切り取っていきたいものだなと思いました。

ちばさと　むいさんの歌を読んでると、そういうつぶやきとか、本当に胸の奥からふと飛び出したような、本音に近い言葉が歌になってる気がします。どうすればそんなふうに詠めるんだろうね。

むい　え？　あんまり何も考えてなくて（笑）。

ちばさと　でも、それが人にちゃんと伝わって、初谷むいの新しい歌を読みたいという人がいっぱいいるのは、なんかやっぱり感性的なところで、どこか表現に鋭さがあ

★1　ルーシー・モード・モンゴメリ〔一八七四〜一九四二〕が一九〇八年に発表した小説。主人公アンは「大きな考えがうかんだときには、大きな言葉を使わなければ、うまくあらわせないじゃないの。そうでしょう？」（村岡花子訳）と言っている。

ったり、どこか読者の内面とつながる回路を開かせたりっていう、何かそういう言葉の力が、むいさんにはあるんだよね。

むい　いやいやいや（笑）。

ちばさと　きっと、むいさんが「スペース短歌」のメンバーに入っているから、こんなふうに自分のそのときの、瞬間の思いを捕まえたいっていう人も、たくさん聴いてくださってるのかなと思いました。

この世の嬉しい仕組み

ちばさと　では、千葉が選んだ歌を。

生きていく根拠としては弱いけどどの世界にもある月刊誌　森井恵

大好きで、次の号を楽しみにしている月刊誌があると、生きていけるよね。どうしても読みたい雑誌を探していて、立ち寄った本屋さんで「あった！　よかった！」ということもあるし。「どの世界にもある」だから、もし自分が別の世界、たとえばパラレルワールドに行ったとしても、他の人とつながりにくい状況に陥ったとしても、好きなものがここにある、今この世界にもある、ということが自分を照らしてくれる。

むいさんは、どう読みましたか？

むい　本当にその通りの歌だと思います。「弱いけど」と否定的に言っているけれど、あえてそう言うことによって、それが実は「生きていく根拠」の一つなんだということが引き立ってますね。

ちばさと　むいさんは、月刊誌なんか読んで育ってきたの？

むい　これが好きだという特定の月刊誌があるわけではないんですが、また歌の話に戻っちゃうんですけど、雑誌って希望ですよね。毎月、毎月、必ず出る。出てくれる。それってすごい希望だなって思うんです。もちろんその裏には、取材して書いて、頑張って雑誌を作ってくれる人がいるんですけど。雑誌ってこの世にある、結構嬉しい仕組みだなと思います。

ちばさと　「この世の嬉しい仕組み」ってすごくいい言葉だね。ありがとうございます。ここ数年、コロナの影響で人と会えなかったりして、月刊誌は発行されるけれど、本屋さんの開店時間も限られていました。短歌雑誌の編集さんと話していても、「紙の流通も止まりそうだし、印刷所も閉じるかもしれないから、もう次の号は無理かも」と聞くと、とても辛かったけれど、でも、どの雑誌も必ず毎月、ちゃんと出してくれて。雑誌にかかわる方々が、どんなに苦労なさったのかと思います。一般の雑誌だけじゃなくて、短歌の雑誌もそう。『塔』、『心の花』、『コスモス』、『未来』、『かりん』、『まひる野』とか★1、毎月出ているわけでしょう。どれだけたくさんの歌人が、辛さを

★1　多くの歌人が結社に所属し、毎月、結社で発行される歌誌に作品を発表している。結社誌の発行にあたっては、歌の原稿の授受、選歌（誌面に掲載する歌を選ぶこと）、校正、発送など、膨大な作業が行われている。

抱えながら頑張ってきたのか。だから新しい雑誌が手もとにあるというだけで、めっちゃ元気になれる、という訳ではないけれど、心の支えの一つになる気がします。森井恵さんの歌から、いろいろ考えを巡らせました。さて、龍哉くんは戻ってきたかな？

むい　消えてしまわれましたね。

ちばさと　いや、でも大丈夫。必ず復活する。こんなところで終わるような人ではない！

むい　（笑）。そうですね。

ちばさと　寺井龍哉くんが選んだ歌を、あと二首、紹介しましょう。

朝の陽とマーマレードをひと匙に乗せたスプーンが手に添ってくる　　**藤原はるか**

パンにマーマレード★1をつけようとするときに、自分の手にちゃんとなじむスプーンが、朝日のぬくもりとともに寄り添ってくれる★2。朝の陽射しのマジックなのか、今日も一日頑張ろうという、ちょっとの勇気が湧いてくる。

むい　そうですね、すごくロマンチックな短歌だなと思いました。内容としては、マーマレードをスプーンに乗せて、それを持ってるっていうだけなんですけど、そのマーマレードに朝日が混ざったように思えて。そのささやかな充足感、安心感がいい。この大きなことは起こらないけど、ちょっとした嬉しさが、手からやってくる……。この

★1　柑橘類で作られたジャムのこと。甘さの中にほろ苦さもある、ちょっぴり大人の味。

★2　寺井氏は、「まるでスプーンが意志をもって私の手に添ってくるような言い方が面白い。寝ぼけていて、自動的に手が動いてしまっているような感じなのかな」と言いたかった。

スプーンは、味方というほどではないけれど、「いつもそばにいるからね」ってささやいてくれるような存在でしょうかね。

ちばさと　ささやかな、小さなことのほうが胸にしみるということもあるね。マーマレードといえば、こんな名歌も。

ひと匙のマーマレードの安らかさ少し焦げ目を与えたパンに

東直子『十階　短歌日記2007』（ふらんす堂、二〇一〇年）★3

マーマレードのやわらかさ、生っぽさと、わざと自分が硬くしたパンの、少々のことでは動じない感じ。その対比が胸に残ります。日々のささやかな営みを詠んだ歌として、藤原はるかさんの歌とともに味わいたいです。

集中と拡散

ちばさと　じゃあ、もうすぐ戻ってきてくれると信じて、寺井龍哉くんの選んだ歌を、さらに紹介しましょう。

目をぎゅっとつぶり続ける暗闇に光差し込むインナーワールド

せんとおん

★3　29ページ参照。

この歌、「目をぎゅっとつぶり続ける」という力のこもった動作に始まって、そこに光が差してくるという、硬さからやわらかさへと展開していく。

むい　インナーワールド★1って自分の体の中の世界ってことですか？

ちばさと　うん、俺は、そう思ったけど。「俺の内側にも広々とした部分があるんだぜ」みたいな、「大きな世界が自分の中にあるんだ」みたいな、一つのベクトルに向かって大きく展開していく歌なのかな、と思っていたんだ。自分はギュッと目をつぶり続けているんでしょう。力を込めている中で。でも自分の中には広々とした、俺だけのインナーワールドがあるぞ、みたいな。

むい　うん。そう。集中と拡散、みたいな感じ。

ちばさと　さすが！　むいさん、まとめが、めっちゃ鋭いですね（笑）。むいさんに脱帽という感じですね。せんとおんさん、集中と拡散、ありがとうございました。さて、龍哉くんは、まだ戻ってきませんが、事前にいただいた「寺井メモ」には、他にも面白い歌が選ばれていまして、

蝶を見て走り出す子の2メートル先で虫取り網がふくらむ　楢原もか

子どもが蝶を取ろうと思って、虫取り網を持ちながら走っていくところでしょう。走り出したその「2メートル先で」と書かれると、視点が動くよね。思っていたよりも

★1　寺井氏は、「結句の「インナーワールド」が、ゴルゴ松本氏の一発ギャグみたいでかっこいい。この身体の内側にも無限の広がりがあるんだ、という、心の底から力が湧いてくるような歌ですね」と言いたかった。

先に、ぐっと迫っていく感じ。虫取り網がガーッとふくらんで、もうすぐ蝶が捕まえられるのか、結論は書いてないんだけれど、その網のふくらんだシーンが大きく目に浮かんできたところで、この歌は閉じられている★2。むいさん、どうですか。

むい　距離が長く保たれてる感じが面白いですよね。「2メートル」というのは、虫取り網のリーチの分の長さだと思うんですけど、その距離の把握の仕方が面白いなって思いました★3。その子だけを見るんじゃなくて、その先も含めて、子どもの一部のように見てる感じがして。

ちばさと　ああ、そうですね。子どもの世界がぐーんと広がっていきます。虫取り網がふくらんだところに光を見いだすっていいですよね。つまりこれから大きく何かが変わっていくところに、自分は光を見いだしているということ。夏になったら思い出したい歌ですね。さて、第一回スペース短歌、そろそろまとめに入ります。最後のコーナーは「とっておきのフレーズ」です。今回は、私ちばさとが担当します。

北村薫★4さんの『スキップ』という長編小説。もしお聴きの方の中に学校の先生がいて「明日の授業、どうしよう」と思っているのでしたら、この小説が効きます。十七歳の女子高校生が、うたた寝をしてしまい、目が覚めたら自分が四十二歳になっていたという設定。自分だけが時の流れをスキップして、一気に大人になってしまった。家の中には、自分の顔立ちを受け継いだような娘もいる。つまり、自分がスキップした年月の中には、結婚も出産もあって、でも自分は何も覚えていないんです。で

★2　寺井氏は、「子どもが走っている。その2メートル先に網がある。この正確で明快な空間把握がいい。ここで起きていることをそのまま剝き出しでつきつけられたような感じがする歌です」と言いたかった。

★3　一般的な虫取り網の全長は一メートル半ほど。

★4　北村薫〔一九四九〜〕小説家。『夜の蝉』『空飛ぶ馬』など。

も、自分は純然たる四十二歳の教員として存在している。ならば立ち向かうしかない。主人公は、十七歳の心を持ったまま、高校で教えることに挑むんです。小説の終わりに近い部分に、こんな一節があります。

昨日という日があったらしい。明日という日があるらしい。だが、わたしには今がある。

北村薫『スキップ』（新潮社、一九九五年）

もがきながら生きていく中では、過ぎ去ったことを悩んで、振り返って、また自分を削ってみたり、先々のことが心配で立ち止まってみたくなったり、いろいろあるけれど、今に集中すると結構気が楽になることもあります。今日は何とかできたし、今自分は無事でいるし、こうして「今」をつないでいけばきっと何でも乗り切れるだろう、と思える小説です。今、四月。不本意なことがあったり、大切な人と離れたり、いろいろなことがあるかもしれませんが、ぜひ『スキップ』をお読みください。自分は、この小説が大好きで、六回以上読み返しています。以上、「とっておきのフレーズ」コーナーでした。どうですか、むいさん。今までに何回も読み返した小説とかありますか。

むい　そうですね。舞城王太郎★1さんの『好き好き大好き超愛してる。』ですね。

ちばさと　そのタイトルそのものが、むいさんの短歌みたいに思えます。すごいね。

★1　舞城王太郎〔一九七三〜〕小説家、作家。『煙か土か食い物』『阿修羅ガール』『淵の王』など。

むい　（笑）。本当にもう名作で。一時期、あんまり本が読めなくなっちゃったときがあったんですけど、そのとき、特にお気に入りの、読んだことのある本なら読めるなってことで、この『好き好き大好き超愛してる。』をよく読んでましたね。

ちばさと　では、みなさん、もうすぐ五月のゴールデンウィークになりますけれど、『スキップ』と『好き好き大好き超愛してる。』、おすすめです。

走ってきて、そして走り去ってゆく歌人たち

ちばさと　さて、寺井龍哉くんが戻ってきませんが、お時間ですから、一度まとめましょう。初回のスペース短歌、むいさん、いかがでしたか？

むい　はい。たくさん歌を紹介できて、楽しくお話しできて、よかったです。やっぱり短歌の話をすると、すごく楽しいですね。ただ、ちょっと私は最初遅れてきちゃって、あんまり通信もよくなかったりして、ご迷惑をおかけしちゃったり……。

ちばさと　いやいやいやいや、そんなことない。

むい　それに寺井さんが、走り去ってしまって（笑）。

ちばさと　（笑）。むいさんは走ってきて登場、龍哉くんは走り去るっていう……いや、正確には高速で歩いているのか。はじめと最後は揃ってしまいましたね。

むい　お聴きの方にとっては、「ん？」っていう感じだったかなって。そこがちょっ

と申し訳なかったです。トラブルは、何とか頑張って改善していきます。

ちばさと　本当に通信環境の改善を頑張りたいと思います。不手際がいろいろありまして、本当にすみませんでした。ただ、初回、本当にたくさんの歌を寄せていただきました。あまり十分に宣伝ができなかったスペースに、なんと二〇〇首以上も寄せていただき、応援のコメントまでいただいて、勇気が湧きました。このあと一度スペースを閉じて、その直後に「通信テスト」というスペースで寺井龍哉くんをぜひ迎え入れ、今日のスペースを終わらせたく思います。お時間ある方は、ぜひお聴きください。

むい　みなさん、ありがとうございました。

ちばさと　では、いったん終わります。ありがとうございましたー！

（2分後）

ちばさと　みなさん、これは「スペース短歌」の通信テストです。どうしても寺井龍哉くんを迎えたくて、テストをおこなっています。龍哉くん入れるかな？　さきほどのスペース短歌、リスナーさんの数を見たら、四九〇人と表示されていて、びっくりしました。たくさんお聴きいただきまして、本当にありがとうございました。四〇〇人といったら、演劇で有名な紀伊国屋ホールが満席になります！　今も、こんなにたくさんの方が入ってくださって、感激です。では、龍哉くんを待っている間、せっかくですから、歌をご紹介しましょう。寺井メモの中にあった一首です。

押し入れは宇宙　いろいろいろいろと書かれたダンボールは宇宙ゴミ

瀬生ゆう子

押入れの中がごっちゃごちゃになってることを「宇宙」と言っています★1。ものを片付けようとしても、どうしても分類ができなくて、箱に「いろいろ」って書くことがあるでしょう。その「いろいろ」ダンボールを「宇宙ゴミ」と呼ぶ。「スペースデブリ」★2という名もあるけれど、「宇宙ゴミ」って面白い言葉ですよね。壮大で計り知れない宇宙と、ちっちゃくて価値がないようなゴミが、どちらも同じ値打ちを持って、ミックスされているような気がします。壮大な世界が身近にギュッと凝縮して、そこに存在している。私たちの「スペース短歌」も、小さなラジオ番組のようなものですが、みなさんの想像力に助けていただき、とてつもなく大きなものとつながっている、という気持ちで続けていこうと思います。第一回の最後に、この歌を紹介できてよかった！　瀬生ゆう子さん、ありがとうございました。あ、今、むいさんが入ってきてくれた！

むい　入れましたー。

ちばさと　時間をとってもらって、ごめんね。

むい　全然大丈夫です。すみません、すぐ入れず。

ちばさと　いえいえ。ありがとうございます。どうしてもね、最後に、寺井龍哉くんの声を聞きたいので、一度切って、龍哉くんのアカウントから開いて、そこに俺とむ

★1　寺井氏は、「『いろいろいろいろと書かれた』というのは、『いろいろ』と書かれたダンボールが、いろいろとある、ということかと思いました。二つの『いろいろ』は意味が違っていて、『いろいろ』と書かれたダンボールは一つではなくて、サイズや色もさまざまなんでしょう」と言いたかった。

★2　地球の軌道上を漂う人工衛星の残骸などを指す。

いさんが入る方式で、やってみようか。
むい　うん、そうですね。やってみましょう。
ちばさと　お集まりいただいたみなさん、すみません、もう一度閉じます。また二、三分してからおまけのおまけが始まると思います。お聴きいただける方は、またお願いします。
（3分後）
ちばさと　みなさん、またたくさんお聴きいただき、ありがとうございます。「スペース短歌」のおまけのおまけです。残念ながら、寺井龍哉さん、スマホが不調らしく、「今回はこれで失礼します」とのことでした★1。技術的な問題点をクリアにして、次回、きちんとみなさんをお迎えできるように頑張ります。今回は、本当にすみません。あ、むいさん、来てくれた！
むい　はいー。
ちばさと　むいさん、ありがとう。ごめんね。今、みなさんに、龍哉くんのスマホが不調だと話していました。でも、今回は「寺井メモ」があったおかげで、いろいろな歌を紹介できたし、よかったです。また次回、たくさんの歌をご紹介できますよう、頑張ります。むいさん、遅い時間まで、すみませんでした。
むい　いえ、こちらこそ、すみません。ありがとうございました。
ちばさと　今日は急いで帰ってきてくれたでしょう？　あ、お茶、飲んだ？

★1　このとき寺井氏は、パソコンとスマホの両方でスペースに参加するのは不可能だということに気づいていなかった。

むい　はい。飲みました。

ちばさと　よかった。では、これで第一回は、本当に終わります。寺井龍哉さんのお話を聞きたい方、いっぱいいらっしゃると思いますが、どうか次回にご期待ください。次回、寺井龍哉さん、ますますパワーアップして戻ってきますので★2。今日は本当にすみませんでした。では、むいさん、今夜最後のメッセージをどうぞ。

むい　はい、それではみなさん、今日はありがとうございました。おやすみなさい。

ちばさと　失礼します。おやすみなさい。

★2　本番では、千葉氏がわざと声を低くして『はい。寺井です』などと声まねをし、三人いるかのように誤魔化そうとするシーンもあったが、さすがに無理があったため、本文ではこの会話は割愛した。

第2回

一年前はできなかったこと（できていたこと）

配信日
2024年
5月30日（木）

ハウリングとラブは、心の叫び⁉

ちばさと　スペースを開いたとたん、みなさん、すぐに集まってくださる！　お一人お一人のお心寄せ、ありがたいです。今、開始二分前です。なんだかちょっと音声がハウリングしているような……★1。

龍哉　大丈夫ですかね。

ちばさと　でも、ハウリングって、なんとなく人間味があって面白いよね。心の叫びみたいで。きっと、むいむいだったら、ハウリングを題材にして短歌が作れそうだ。むいさん、まだかな。

龍哉　初谷さん、遅いですね。

ちばさと　あっ、今、さっきの俺の声が聞こえた！　俺が十五秒前にしゃべった声が今、聞こえた！　このハウリングって、俺が今、何かしゃべると、そのこだまが十五秒遅れて届く方式なのか。わずか十五秒、されど十五秒。今回のスペース短歌のテー

★1　前回、途中で、寺井氏がスマホの不調によりスペースに入れなくなるというトラブルがあったため、今回は「出演者全員がZoomでつながり、その音声を、千葉氏のスマホからスペースに流す」という方式をとっている。この方式がうまくいくか、ドキドキしながらやっているところ。この数分後、ハウリングは奇跡的に解消する。

マは、まさに時間。さて、ハウリングは解消しますでしょうか。あ、むいさん、来てくれた。むいむい、すごく鮮明に映ってるよ。なんか、とてもいい場所が背景になってる！　龍哉くんは、後ろが真っ白だね★2。

龍哉　はい、真っ白です。

ちばさと　真っ白なうちに住んでるんだね。白い家の秘密ですね★3。はい、ちょうど時間となりました。スペース短歌第二回。よろしくお願いします。出演者をご紹介します。初谷むいさんです。

むい　こんばんは。初谷むいです。今回、時をかける旅をするということで、とても楽しみに準備してきました。よろしくお願いします。

ちばさと　そうそう。昨日の予告編★4で、「今回のテーマは一年前を振り返ることになるものだから、時の経過をうまく読み取らないといけないね」というトークになったんだよね。今日のスペースは「時をかける歌」をご紹介！　四月のスペース短歌のあとで、多くの方から、「むいむいの言葉にすごく力がこもっていた」「読解力がハンパない」とご感想をいただきました。大評判です。今回は、どんな感じで歌を選びましたか？

むい　やっぱり、ぐっとくる歌を。あとは、今回のテーマが「一年前はできなかったこと（できていたこと）」なので、このテーマで詠まれたと考えると、より深く読みとれるような歌を選びました。

★2 出演者はみんなZoomでつながっているため、お互いの顔が見えている。寺井氏は、散らかった部屋の様子を隠すため、苦心して背景に白い壁しか映らないように調整していた。

★3 ガストン・ルルー［一八六八〜一九二五］の推理小説『黄色い部屋の秘密』にひっかけたもの。でも、このときは誰もわからなかったようだ……。

★4 スペース短歌は音声配信テストを兼ねて、本番一週間前と前日

ちばさと　ありがとうございます。今回は、みなさん、「テーマがすごく難しい」とか、「難しいからこそ、やりがいがある」とか、大いに話題にしてくださっています。このテーマを考えた、寺井龍哉くん、いかがですか？

龍哉　こんばんは、寺井です。よろしくお願いします。五月、新年度が始まって、ちょっとたったぐらいなので、一年前のことを思い出しながら歌を詠んでいただけるかなと思ったんですけど……。あとで、よく考えてみると、ちょっと難しいテーマだったかな、と（苦笑）。それでも、こうしてたくさんの歌を送っていただきました。ポストしてくださったみなさんの勇気をたたえながら、お話しします。

ちばさと　本当にたくさんの歌、みなさん、ありがとう！　では、最初の歌を。

龍哉　今月は、この歌から始めます。

淹れたてのアップルティーをすするとき二つの湯気は一つになって　柳木小雨

最初は湯気が二つ立っているんだけど、それをすすると一つになる。最初ちょっと、どういうことかなと思ったんですけど、ポットから上がっている湯気と、お茶をついだカップから出ている湯気。その二つの湯気があったのに、自分が口を近づけるとカップの湯気は口に吸われて消える、ということかなと思いました。自分はカップに口を近づけているから、湯気が立っているのは見えないはずだけど、実際に自分の目に

に「予告編」を配信していた。内容は雑談で、まるで放課後の教室のようななごやかさがあると、少数のコアファンの方の心を掴んでいたらしい。

見えている視界とは別の、ちょっと離れた場所からものを見ている。そんな、不思議な視点の歌なのかな。

ちばさと　ええっ!?　これは、二人分のお茶をいれて、二人で一緒に飲んでいて、そのうち二人が仲良く身を寄せ合うようになったから湯気も溶け合った、という恋の歌だと思ったんだけど……。

龍哉　ああ！　え？　んん！（変な声）

ちばさと　むぃむぃに聞いてみよう。

むぃ　そうですね。何かを食べたり飲んだりする場面を詠んだ歌で「二つ」という言葉が出てくると、やっぱり向かい合う大切な人を想像してしまうところは、どうしてもあるな、と私も思っていて……。

ちばさと　味方が増えた（笑）。

むぃ　あはは（笑）。私も、読み方としては二つありました。主体と、そのそばにいる誰か。二人分のカップがあって、それぞれから二つ湯気が出ていたんだけれども、自分がすすることによって、自分の湯気は見えなくなって、そこからは寺井さんと読みが一緒になるのかな。もう一つの読みは、「二つの湯気は一つになって」という表現から、その一つが消えるというよりも、二つが、なんかこう、統合されていくような……。

ちばさと　そうそう。統合だよ、統合（笑）。俺は統合の読みに一票。

むぃ　ただ、その状況はちょっと想像が難しいので、論理的に読もうとするとやっぱり寺井さんのような読み方になっていくのかなっていう。

ちばさと　でも、寺井説にすると面白くないじゃん。「二人一つのシルエット」って、あの松田聖子さんも歌ってる★1。だから今、この二人は、身を寄せ合って、二つの湯気が合わさった大きな湯気の中にいるんだよ。一年前は、近寄れなかったのに、今は寄り添っている。俺は、めっちゃいい歌だと思ったんだけど、ダメかなぁ。

龍哉　千葉さんの読みだとかなり、こう……、ラブな歌になるわけですね。

ちばさと　ラブでいいと思うんだけどな。ラブは心の叫び。

龍哉　なるほど。最初、そうは思っていなかったけど、今、なるほどと思った。

むい　うふふふ。

ちばさと　こんなふうに読みが広がるのも面白いよね。俺は恋の歌だと思ったけれど、また別の、もっと新しい読みもあるかもしれない。

ささやかさがすばらしい

むい　私が選んだのは、この歌です。

花買えば一輪挿しは満たされて未来をすこしだけ信じてる　古川柊

★1　松田聖子氏のデビュー曲「裸足の季節」（作詞：三浦徳子）の一番の最後のフレーズ「頬をそめて今走り出す私　二人一つのシルエット」を引用している。

よく考えてみれば、一輪挿し★2というもの自体が、未来に花を与えられることを想定して作られているんだなー、ということに、この歌を読んで気づかされました。今の自分にはいろいろ足りていないんだけど、未来のどこかで満たされるときがきっとやってくる、そんなことを考えると、上の句の情景と、下の句の響き合い方がいいなと思いました。「未来をすこしだけ信じてる」っていう状態に、この一年で変化したということなのかな。それに、「満たされて」という表現がすごくよくて！　嬉しい状態になっているっていうことが、この一語によってわかる。そういう言葉の選び方がすごいなと思いました。

ちばさと　花を買ったり、飾ったりする習慣がなかった人が、一年たったら心境に変化があって、一輪挿しの花とともに、人生がだんだん明るくなってきた。そういう歌なのかな。むいさんが言っていたみたいに、今回のテーマと関連づけて読むと、歌が輝くね。

龍哉　確かに「満たされて」という言葉は、すごくいいなと思いました。実際的に考えると、一輪挿しを満たす、とはあまり言わない。けれど、想像の世界の中で、一輪挿しがパッと光るような、明るい存在になっている。それに「すこしだけ」とか、「一輪挿し」とか、歌に出てくるのが、ささやかなものなんですよね。非常にささやかなものが、ちょっとだけ明るく見える。そのささやかさが、とてもいいんだと、この歌が示してくれました。

ちばさと　ささやかな花が心を慰めてくれる。

★2　一～二輪の花を飾る、小さい花瓶のこと。初谷氏は、たまに思いついて花を買っても、花瓶がないのでペットボトルに生けていた。その経験が、「炭酸のペットボトルに花をさす　猫扱いもうれしかったよ　今さら？(笑)」『わたしの嫌いな桃源郷』(書肆侃侃房、二〇二二年)という歌になっている。

友がみなわれよりえらく見ゆる日よ
花を買ひ来て
妻としたしむ

石川啄木『一握の砂』（東雲堂書店、一九一〇年）★1

この啄木の「花」にも通じているかもしれない。能登の被災地を支援するために、胎動短歌会から『チャリティー百人一首』★2が出ましたが、古川柊さんの歌も、「花」の名歌として、この本に載っていてもおかしくないと思いました。では、次に一年の経過がはっきりとわかる歌を。

完成を一緒に喜ぶ人は去り　だから一人でチャーハン作れて

やまぐちわたる

槇原敬之に「もう恋なんてしない」★3という名曲があるでしょう。この一年の寂しさと成長。今の寂しさを、きちんと受けとめる強さを得たということなのかな。「一人でチャーハン作れて」という事実だけを端的に述べているところに、なんか現在のこの人の飾り気のなさ、率直さが見えていて、好ましいなと思った。

むい　「だから」っていう接続が面白いですね。

ちばさと　「だから」という言葉、短歌の中では、あまり見かけないよね。

むい　その「だから」の効果で、千葉さんが話していたような、この人の成長を感じ

★1 石川啄木〔一八八六～一九一二〕歌人。『一握の砂』『悲しき玩具』など。

★2 百人の歌人が「花」をテーマに一首ずつ詠んだ『チャリティー百人一首』（胎動短歌会）。この本の売り上げの一部は、能登の被災地支援のために使われた。初谷氏、千葉氏の歌も載っている。

★3 「もう恋なんてしない」（作詞・作曲：槇原敬之）に「君がいないと何にもできないわけじゃないと――」という一節がある。

られるというか。

龍哉　そうですね。「だから」は確かに強い言葉だなと思いました。これ、たとえば逆接の「だけど」だったら、すごくださくなっちゃうというか。「完成を一緒に喜ぶ人は去り　だけど一人でチャーハン作れて」……。

ちばさと　あぁ、「だけど」じゃ、駄目だね。

龍哉　「だけど」だと、論理がすごくわかりやすくてつまらなくなる。でも「だから」だと、淡々と事実を論理的に位置づけてる、感情を押し殺しながら話している感じになる。あからさまにならない感じが出ていて、面白いのかなと思いました。

むい　うん。確かに。

ちばさと　今、この歌のよさを、龍哉くんに明確に言語化してもらってよかった！

龍哉　「もう恋なんてしない」の最初のほうでは「朝食も作れたもんね　だけどあまりおいしくない」とあって。「だけど」が出てくるんですね。

ちばさと　（一人で「もう恋なんてしない」の一節を歌いだす）。槇原さんが、このスペースを、もし聴いていてくれたら、めっちゃ嬉しいです。ありがとうございました。

時は横にも、縦にも流れる

ちばさと　むいむい、次の歌を、どうぞ。

むい　最近歌集を出版された鳥さんの瞼さんの歌を紹介します。

平日が横に伸びてく終電に突っ立って泣いてんの俺です　鳥さんの瞼 ★1

「平日が横に伸びてく」という表現がすごいなと思って。カレンダーのマスの金曜日のところが、終電に乗る時間まで社会という場にいることで、土曜日のところまで侵食してくるっていう、そういうイメージなのかな。

ちばさと　イメージが湧いてきた。カレンダーなのか。

龍哉　ああ。なるほど。

むい　そんなふうに私はイメージしていて。もちろん、カレンダーじゃなくてもいいんですけど、わかりやすいイメージとしてはそういう感じ。で、「突っ立って泣いてんの俺です」のリズムがすごーくよくて。かなり投げやりな感じに聞こえるけれども、その投げやりなことによって絶望感と少しのギャグ感が際立つ気がして、そのバランス感覚がすごいなと、面白く読みました。絶望とギャグって紙一重というか、やばい状況って逆にちょっと笑える、みたいなところがあるように感じてて、そういう限界の感じをこの一首全部を使ってうまく表現されているなと思いました。

ちばさと　むいむいの言う「ギャグ感」という言葉、鋭いね。今回も、掘り下げたくなるヒントがいっぱい出てくる。

★1　鳥さんの瞼氏は、『死のやわらかい』（点滅社、二〇二四年）の出版で話題に。

龍哉　「です」という敬体も、「俺」という一人称も、ちょっとギャグというか、ちょっと自分を引いて見て、自己戯画化している感じですよね。「平日が横に伸びてく」が、私はよくわからなかったけど、でも、初谷さんの評を聞いて、ハッとしました。カレンダーの月曜と火曜、火曜と水曜の間の切れ目、日付が変わるところに、夜があるわけですよね。日中働いてる人は、その切れ目に休みがあるんだけど、それが土日へと張り出していくというのは面白い読みだなと思いました。時間は上から下に流れていくイメージもあるけど、そうじゃなくて横に、思わぬ方向に流れていっちゃうっていう、しんどさみたいなところが出ている。初谷さんの読みで、イメージが湧いてきました。

ちばさと　横に時が流れてくという、龍哉くんのその言い方も、とっても素敵ですね。カレンダーの縦軸を捉えるとしたら、吉川宏志さんにこんな名歌があります。

カレンダーの隅24／31　分母の日に逢う約束がある

吉川宏志『青蟬』（砂子屋書房、一九九五年）★2

カレンダーの左下に、24日と31日が、分数みたいに一緒に表示されちゃうんだよね★3。縦に捉えてみると、分子と分母に見えてきて面白くなる。でも、この鳥さんの瞼さんの歌では、切れ目がない夜を過ごしている都会人の孤独や屈託を表しているのかな。

★2　吉川宏志〔一九六九〜〕歌人。歌集に『青蟬』『叡電のほとり』など。

★3　31日まである月で、24日が日曜日になっている場合、このように表示されることが多い。

龍哉　「横に伸びてく」には、終電のホームのイメージがあるかもしれないですね。たぶん、そんなに人がいなくて、ちょっと先まで、向こう側まで見えるようなホーム。

ちばさと　立っている「俺」と、横に広がるホーム。縦長と横長との組み合わせ。龍哉くん、鋭いご指摘です。鳥さんの瞼さん、ありがとうございました。

新しいみそ汁を「知る」

龍哉　では、次は、食べ物を詠んだ歌です。

みそ汁にトマトを入れることを知るようにわたしを拡げていこう　森井恵

みそ汁は、豆腐とかわかめとかネギとかナスとかミョウガとか、そういうものを入れるのが、割合よくあるパターンだと思うんですけど。

ちばさと　俺は、油揚げがいいな。

龍哉　油揚げですか（笑）。でも、トマトはなかなか入れないんじゃないかな。トマトと味噌汁、ちょっと面白い組み合わせなのかなと思うんですね★1。毎日飲むみそ汁に新しくて意外な具材を入れる。その味を「知る」。たぶん誰かから教わったり、ネットでレシピを見たりして、自分のできることを少しずつ広げていこうという歌だ

★1　CamCam.jpに掲載されていた「好きなおみそ汁の具」ランキング（株式会社ベストアクティが十代から六十代までの男女一〇〇人を対象に行ったアンケート結果。二〇二三年実施）では、一位：豆腐、二位：わかめ、三位：貝、四位：長ねぎ、五位：油揚げ、となっており、トマトを挙げた人は一人もいなかった。

と思う。

ちばさと　一年間で「トマト入り」が美味しく作れるようになった。

龍哉　ガラッと変えていこう、一新しよう、という話じゃなくて。なんかちょっと、ちょっとずつ変えていこうという気持ちが「拡げていこう」に出ている。そんな気持ちを表す比喩として、トマトのみそ汁は面白いかな、と思いました。

ちばさと　じゃあ、トマトのみそ汁を毎日作ってるむいむい、この歌、どう思いました？

むい　いいえ、全然（笑）。舞茸とかを入れてて、トマトは入れてないんですけど。

ちばさと　舞茸いいね。おいしそう。

むい　おいしいですよ。ふふふ。そうですね……。新しいことって、知ってしまったら新しくなくなるじゃないですか。衝撃が薄れていく。なので、新しいことを知った、みたいなことを短歌の中で言うのは、意外と難しいな、と考えていて。私は、みそ汁にトマトに入れるという表現は、やや弱いんじゃないかと……。

ちばさと　トマト入りのみそ汁は、ありふれている？

むい　そうですね。いや、でも……。だからと言って、もちろんこの歌に、変わってるだけで的外れなものを入れるっていうのもよくないですよね。ただ、意外性があるものを入れたくなる。なんだろう……なんでしょうね。ゆで卵とか？

ちばさと　ゆで卵入りみそ汁は、ちょっと衝撃があるね。

むい　でも、他にも何かありそう。そういう「他の何か」みたいなところを、私だったら狙っていくような気がして。なんとなくスッと読み流しちゃった歌だったんですけど、みなさんの評を聞いていると、明るくてすごくいい歌ですね。

ちばさと　むいさんの言ってくれた「ゆで卵」は、とてもいいと思う。ゆで卵を作るのは手間がかかるし、普通に卵を割り入れて、かき卵にするくらいのほうがおいしいとか、そう人もいるよね。だから「ゆで卵入りみそ汁」という言葉は衝撃的。ちょっと面白い。森井恵さんのこの歌も、このままでいい歌だと思うけれど、もしかしたら「トマト」が交換可能かもしれない。一年たって、今はトマト入りだけど、さらに一年後は、二年後は、何を入れるようになっているだろうと想像させる余地がある。

むい　この歌の「知る」っていう言葉が、すごくいいですね。「知る」というのは、経験していくこと。最初は薄味だったから、次はもっと味付けを濃くしてみようかなとか、これだとトマトが入れすぎだから、もうちょっと少なくしようかなとか、そういう経験をしていくことが「知る」に表れている、一語にギュッと凝縮されていて、すごくいいなと思いました。

龍哉　でも、この「知る」は、なんか、もっと軽くも読めるんじゃないかな。みそ汁にトマトを入れるというレシピをネットか何かで知ったというふうにも読めそう。

むい　あああ……。そうかな。

ちばさと　俺は、これはみそ汁を詠んだ歌だから、「知る」と「汁」を掛けて言ってるんじゃないかなと。

龍哉　そんなことあるかな？

ちばさと　ちょうど歌の真ん中に「知る」があるでしょ。過去と未来のちょうど真ん中にある「知る」。一首を朗読してみると、二回「しる」が出てきて、耳に心地よく響きそう。

龍哉　そうかな。うん？　でも、まあそういう読みもいいですよ……。

ちばさと　その言い方だと、あんまり賛成してないんだ（泣）。

むぃ　うふふふ。

ちばさと　でもね、今日むぃさんが言ってくれた「知る」の一語を取り上げるだけでも、この歌を深く語れて面白いと思います。「知る」が過去の一年間のいろいろなことを想像させてくれる。森井恵さん、ありがとうございました。

元部活少年、元部活少女

ちばさと　次は青春の歌を。

卒部してもう一年も経ったけどまだ玄関にラケットはある　小島涼我

角川短歌賞の佳作に選ばれたことのある小島涼我くん★1。二〇〇〇年生まれ以降

★1　第六十七回角川短歌賞佳作「青春狂奏曲」。

の人たちが集まって作った「ひねもす」★1という同人誌でも活躍中です。「卒部」は、部を卒業すること。バドミントンか、それともテニスかな。部活で使っていたラケットって、またすぐ使うだろうと思って、物置にしまったりせず、ついついそのままにしてしまう。そのまま一年がたってしまったという歌。一年前と今とを比べる題材として「ラケット」が効いている。それに、「まだ玄関にラケットはある」と言い切っているところが、ラケットの存在感と、一年前の自分の情熱もそこにあるんだ、という思いをにじませていて、かっこいい。

龍哉　なんか、この感覚はすごくわかるな。

ちばさと　龍哉くんは、部活少年だったから★2。

龍哉　部活をやってるときは、楽しいことだけじゃないと思うんですよね。つらいし。「卒部しても時々は練習をやるんだろうな」と思っていたけど、いざ卒部すると、どんどん日がたっていって、いつの間にか、もう一年もたってしまった、みたいなことは、結構あるんじゃないかなと思いますね。部活をやっていたときの時間の流れ方と、卒部してからの時間の流れ方の違い、というか落差みたいなものが、よく表れている歌だなと思いました。

ちばさと　ありがとうございます。元部活少女の、むいさん、どうですか。

むい　そうですね。私は文芸部★3だったのでスポーツの部活とはちょっと違う感じではあったんですけど。後輩に会いにいったり、練習に参加したり、まだ全然部活に

★1 同人誌「ひねもす」のメンバーは、一音乃遥、折田日々希、からすまぁ、かわうち、小島涼我、白野、新砂要、松下誠一、谷地村昂の各氏（二〇二四年一〇月現在）。

★2 寺井氏は中学から大学まで剣道部員だった。三段の腕前。

★3 初谷氏は高校在学中、高文連の地区大会にて歌人の山田航氏と出会ったことがきっかけで短歌の世界への第一歩を踏み出した。山田氏の代表歌「靴紐を結ぶべく身を

いくつもりがあるというか、生活の横にまだ部活があるような気がしていたんだけど、もう一年もたっちゃってる、というのはすごくリアルですよね。読むぞと思ってその辺に本を置いて、そのまま一年たっちゃったみたいなのは結構あるし、あるあるのネタだと思うんですけど。この歌では「まだ玄関にラケットはある」という締め方がかっこよくて。自分が置いたラケット、みたいな表現ではなく、「ラケットはある」と言っているところがいい。

ちばさと　最初は自分が置いたんだけど、一年たつうちに、ラケット自体が、もう存在しているんだよね。ラケットが主語だもんね。

むい　そうそう。そういう強い感じ。最後にラケットにスポットライトがバーンと当たって終わっていて、すごくいいなと思いました。

ちばさと　ありがとうございます。小島涼我くんの歌でした。俺、毎日、勤務校の入口に小さな黒板を飾っていて、毎日、現代短歌を紹介しているんだけど★4、生徒たちに紹介するためにも、世の中に、もっと青春を題材にした短歌が増えてほしいと思うんだ。現代短歌のアンソロジーを見ると、大人が詠んだ深刻な歌が多くて。もちろん大人の短歌も魅力的だけど、学校の小さな黒板に書きたいのは、部活とか、休み時間とか、友達と語り合った放課後とか、そういう光景に似合う短歌。だから、小島涼我くんの青春の歌も、大切に読んでいきたい。前回のスペース短歌で紹介した、初谷むいさんの「ふるえれば夜の裂けめのような月　あなたが特別にしたんだぜんぶ」も

屆めれば全ての場所がスタートライン」を今も愛誦している。

★4 千葉氏は、二〇一二年四月から、勤務校に小さな黒板を飾っている。二〇二四年十二月現在、紹介した短歌は二〇〇〇首を超えている。短歌だけでなく、ときどき詩や小説の一節を紹介することもある。

学生時代の歌だし、『はじめて出会う短歌100』★1に入れてさせてもらった寺井龍哉くんの歌は十七歳で詠んだものだったし。

プリントを後ろに回すときにだけ吾に伸べられる指先白し　寺井龍哉

高校生の気持ちがよく出ているでしょう。若い世代の詠んだ、青春の歌がもっと増えたらいいいな。

「知る」や「気づく」をどう詠むか

龍哉　では、次は猫の歌を。

君んちのタマにもミケにもシャーだとかフーだとか言われなくなったと気づく　千々岩清

家に遊びにいくような親しい間柄の「君」がいて、何度も通ううちに、その家にいるタマとミケに敵意を示されなくなったということに気づいた。最後が、ちょっと字余り気味になっているんです。そこを読むとき、ちょっと駆け足になる感じがあって、

★1　千葉聡編、佐藤りえ絵、佐藤弓生・寺井龍哉編集協力『はじめて出会う短歌100』二〇二〇年、短歌研究社／講談社。

ちょっとコミカルに思える。「気づく」のは一瞬なんだけど、その一瞬の中に、この一年間のさまざまな日々、たとえば猫たちに「シャーだとかフーだとか」言われていたことなどがパッと頭に浮かぶ。一瞬でいろんなことを思い出すという、時の経過が凝縮されている感じが、下の句の駆け足になる感じに表れていて、面白いなと思いました。

ちばさと　駆け足感のあるところに、本音が見え隠れしているようだね。

むい　そうですね。定型に当てはめて読もうとする意識が働くことによって、下の句がギュッと詰まる。そのギュッとした感じが、「気づく」ことの体感とうまく合っているように思えて、寺井さんの評に感動しました。

龍哉　いえ（照れる）。

ちばさと　さっきは「知る」で、今度は「気づく」。一年間という長い時間を表そうとすると、なんとなく、哲学の入口に立つような感じがするよね。時の経過を詠むためには、変化を詠む必要がある。変化を表すためには、「知る」「気づく」って言いたくなるでしょう。でも、その「知る」や「気づく」を短歌の中で効果的に使えるかどうか。なかなか難しいよね。森井恵さんの「知る」、千々岩清さんの「気づく」は、このお二人の工夫がよかったのかな。森井恵さんは比喩の中で使っているし、千々岩清さんの「気づく」は駆け足で言っているような軽やかさを演出している。いい歌をありがとうございました。

ラーメンは寂しい?

むい　では、次はこの歌を。

真夜中のカップラーメン　コンビニがなくなる前は親友だった　十条坂

　更地になっちゃったのか別の建物になっちゃったのかわからないけど、以前はコンビニだった場所があって、そのコンビニのことを、真夜中にカップラーメン★1を食べてるときにふと思い出してる。カップラーメンって、やっぱりコンビニで買うイメージがあって。そこから、コンビニのことだけじゃなくて、同時に、当時は親友だったけど、今は親友じゃなくなってしまった人のことを思い出した。そういう連想ゲームみたいな歌なのかな、と思いました。思考の流れにあまり負担をかけず、すごく自然に詠まれているところがよかった。それに、今の自分にはもうその頃の親友はいないっていうある種の孤独みたいなものが、真夜中っていうワードで際立つような感じがして。舞台設定もうまくて、すごくいい歌だなと思いました。

龍哉　真夜中のカップラーメンっていうと、

ハロー　夜。ハロー　静かな霜柱。ハロー　カップヌードルの海老たち。

★1　乾燥麺とスープと具に熱湯を注いで、数分待つとできあがる不思議な食べ物。千葉氏はカップヌードルのカレーをこよなく愛している。寺井氏はカップヌードルに牛乳を注ぎ、ちゃんぽん風にして食する。初谷氏はミニサイズのカップヌードルがお気に入りで、冬のお昼ご飯には欠かせないそうだ。

★2 穂村弘（一九六二〜）歌人。歌集に『シンジケート』『水中翼船炎上中』など。

穂村弘『手紙魔まみ、夏の引越し（ウサギ連れ）』（小学館、二〇〇一年）★2

この歌を思い出しますね。カップラーメンは真夜中によく似合うし、やっぱり冬を思わせるのかな。真夜中に勉強してたり、仕事してたり、ちょっとお腹がすいてってという感じですよね。そこでコンビニにたぶん一緒に買いにいくような親友が、かつてはいたっていうことで。相当仲がいい、ということなのかはわからないけど、ずっと一緒にいるというか、そういうかなり親密な友情を感じさせますよね。それが、近くにコンビニがなくなるとともに、親友じゃなくなっちゃったっていうことですよね。

ちばさと　そうなのか。俺の解読能力が足りないのかもしれないけど、カップラーメンのことを親友だと詠んだんじゃないのかな。近くにコンビニがあったから、夜中にでも買えて、お気に入りの味もあって。夜中、寂しいときに、いつも一緒にいるのはこのカップラーメンだよなって。でも、コンビニがなくなったらもう買えなくなったっていう。

むい　ああ。

ちばさと　え？　俺だけ、違う世界にいた？

龍哉　カップラーメンが親友（うなる）。たぶん、カップラーメン、どうなのかな……。親友だった。そうか、親友だった？　擬人化しているのか。

むい　でも、カップラーメンが親友ならスーパーまで買いにいったらいいのにって思いません？

ちばさと　でも、そこのコンビニで買うから親友なんじゃない？　スーパーで売られてるカップラーメンとコンビニのカップラーメンは輝き方が違うんだよ。

龍哉　スーパーは、ちょっと遠い。

むい　ああ、その距離感は、ちょっとわかるな。

ちばさと　そうそう（笑）。でも、今の二人の解釈を聞いて、これはカップラーメンを食べるような、しょぼい真夜中の俺なんかを知っている親友をふと思い出している場面だ、というのもいいなと思った。そっちのほうが魅力的だ。ちなみに俺、真夜中のラーメンの歌を詠んだことがあって。

満々とお湯をたたえたバスタブのような寂しさ夜半のラーメン　千葉聡

短歌を始めたばかり、二十四歳のとき、朝日歌壇★1に投稿して、馬場あき子先生にとってもらったんだ。

龍哉　へえー。

むい　ほう（うなる）。

ちばさと　ちょっとした思い出話でした。夜中、そしてラーメン、とくるともう歌になるような気がして。でも、ここでは、十条坂さんはそれだけじゃなく、ここに親友

★1　朝日新聞の短歌投稿欄。公式HPによると「毎週7千～8千通の投稿に、現在の俳壇・歌壇を代表する選者たちが目を通す、一世紀を超えて続く投稿欄」。未発表の作品に限り、一回の投稿につき一作品、ネット投稿は一週間に二作品を投稿できる。ちなみに、スペース短歌は投稿に一切の条件をつけず作品を募集した。フリーダム。

を重ねている。ラーメンだけじゃなくて、寂しいときの自分を知っていてくれた人を描いている。深いです。

龍哉　そういえば、馬場あき子さんにもラーメンの歌がありました。

都市はもう混沌として人間はみそらーめんのやうなかなしみ

馬場あき子『世紀』（梧葉出版、二〇〇一年）★2

ちばさと　馬場あき子さんの歌って、生活に根ざした思いをグイッとすくいあげる強さがあるね。だから、ぶれない。

龍哉　ラーメンって、やっぱりちょっと寂しいんですかね。短歌の中のラーメンは。

ちばさと　そりゃ、ラーメンって、ちょっと寂しいと思うよ。むいむいの歌にも、ラーメンがあった。

さむい外をたくさん歩いたあと食べたカップラーメン　生きるって何？

初谷むい

『現代短歌パスポート』★3に入っている連作「天国紀行」の一首ですね。むいさんは、一首の中で、二つのことを言いたいんだよね。しかも、全く違った言い方で。

むい　そう。でも、必ずってわけじゃないですけど。短歌を、一つ目に伝えることと

★2 馬場あき子〔一九二八〜〕歌人。歌集に『桜花伝承』『記憶の森の時間』など。

★3 新鋭歌人の新作連作集『現代短歌パスポート1　シュガーしらしら号』（二〇二三年、書肆侃侃房）。

二つ目に伝えることとで、同じことをどれだけ違ったふうに言えるか、という競技だと思ってる節はありますね。

ちばさと　寒くて凍えた自分が、ほんの一杯のラーメンで温められていく、すごく変えられていくことについて、驚いたり戸惑ったりしてるのかな。「生きるって何？」って言うと、少し大げさに思えるけど、そのとき味わったラーメンの感動って、それぐらい大きいよね。世界が一気に変わっちゃうような。

むい　そうですね。

ちばさと　寒い北海道にいるむいさんにとっては、ラーメンって、そういう重みを持っちゃうのかな、なんて思ったりして。

むい　うん。そうかもしれないです。

「私」と「あたし」をめぐって

ちばさと　じゃ、後半戦に参りましょう。龍哉くん、次の歌をどうぞ。

龍哉　はい。自分自身の変化を捉えた歌です。

笑うたび目尻に皺のできる日が私にも来て　おめでとうあたし　紺野ちあき

目尻のしわを見つけたというのは、嘆かわしくて、肌の変化を感じる瞬間のはず。でも笑っているし、しかも目尻のしわって、やっぱり、ちょっとチャーミングに見えるものでもあると思うんですね。それは、男女問わず、魅力が増すものであるような感じがして、表情が大人びてきたことに、ちょっと気持ちが動いている。そういう発見の瞬間の歌なのかなと思いました。その日が、人生の一つの節目のようになってい て、今まで生きてきた自分に祝福をささげている。自分の年齢の変化を明るく、それも無理なく、自然にこうなったんだなっていうことを受け入れているような感じが面白いなと思いました。

むい　この歌、「私」と「あたし」が両方あって、これはなんなんだっていう驚きがズシンとあって。ほかのことが頭に入ってこなくなっちゃったんですけど、お二人は、どう読みましたか？

ちばさと　小さな女の子は、自分を「あたし」とか言うでしょう。だから今、年齢を重ねた自分じゃなく、小さな頃の「あたし」のことを言ってるんだよね。小さな頃の「あたし」は、年を取ることが怖かったけれど、でも今、目尻にしわができるようになった「私」にとっては、しわがあってもいい。しわのある自分がいいんだ。しわなんて普通のことだし、笑うと誰かにぬくもりが与えられる、すごくいいしわなんだ。年を取りたくなかったあの頃の「あたし」に、こういう自分になれてよかったね、おめでとう、いい大人になれたんだよ、って言ってるんじゃないかな。

むい　すごい、いいです。ああ、なるほど。過去の「あたし」に「おめでとう」っていうことなんですよね。

龍哉　千葉さんの、「あたし」が子どもの頃の自分っていう読み方には、すごく納得したし、すごく面白いなと思いました。そうか、過去の自分への「おめでとう」か。

ちばさと　なんか久しぶりに褒められた気がする。

龍哉　いやいや。日頃からめちゃくちゃ褒めてるじゃないですか（苦笑）。

ちばさと　いや、全然そんなことないよ。龍哉くんとは、短歌関係でよく一緒に仕事をさせてもらったけれど、俺が何を言っても、全然褒めてくれないんだよね。少しいいことを言っても、「ま、いいんじゃないですか」ぐらいの感じで。いつも、むかつく、と思ってたけど、今日はすごくよかった。むかついていた頃の自分に「おめでとう」と言ってあげたい（笑）。

龍哉　いやいや（苦笑）。

「無の不思議さ」に興味がある

ちばさと　むいさん、次の歌は？

むい　はい。とても気になった歌です。

排水溝ネットの最後の一滴を待つときひとは透明になる　秋瀬うに

何かをぼんやり見てるときの自分が透明になったように感じるっていうのは、すごくわかるな、と思ってて。自作ですけど、最近、こんな歌を作りました。

水がお湯になるまで見ている時間のかんじで生きていけたらなあ　はい　初谷むい『伝線』★1

ちばさと　すごく力のある歌。願いの強さが感じられる。

むい　こうして二首並べると、同じ感覚をうたってるのかなって思いました。生活の中での、何をするでも何が起こるでもない、無の時間みたいな。その時間の不思議さに興味があって。なのでこの歌も面白いなと思いました。そういう生活の中の無の時間に、なんとなく自分が透明になっていく感じがするのって、すごく共感性が高いと思うのですが、その時間をわかりやすく切り取るのはかなり難しいと思うんですよね。排水溝ネットの最後の一滴を待つっていう、とてもいい一瞬を切り取っていて、巧みな歌だなって思いました。

ちばさと　「無の時間」「生活の中の無」って、小説や論文のタイトルになりそう。むいさん、キラーフレーズの連発、ありがとう。

★1　谷川電話氏とイトウマ氏によるネットプリント「伝線」。vol.2のゲストに揺川たまき氏、vol.3のゲストに初谷氏。二〇二四年三月に同人誌版も発売。

龍哉　これって、排水溝ネットの掃除をしてるところなんですかね。
ちばさと　ネットを取り替えるところじゃない？　ゴミがたまってるからそれを絞り切って。最後の一滴が落ちたら、ゴミ箱に捨てるのかな。
龍哉　なるほど。いつまでもポタポタ垂れてるけども、完全に水が切れるのを待ってるっていう。歌の作りが、岡野大嗣さんの歌に似ているかな。

倒れないようにケーキを持ち運ぶとき人間はわずかに天使　岡野大嗣

木下龍也さんとの共著『玄関の覗き穴から差してくる光のように生まれたはずだ』★1に入っています。でも、状況は、ちょっと違うのかな。ケーキを運んでるときの、慎重さと華やかさ、決して倒してはいけない、みんなの期待を裏切ってはいけないっていう緊張感と、水が切れるのを待つ間の透明になる感じは、ちょっと違うんですかね。秋瀬うにさんの歌のほうが、もう少し孤独で、本当に集中はしてるんだけど、別に、すごい一大事ではないわけですよね。だけど、しんとしてしまう時間が、ここにはある。微妙な時間ですよね。重要ではないけど、それ以外のことはできないっていう。
ちばさと　俺は、「じっと見ていないで、ゴミの入ったネットを絞ればいいじゃん」と思ったんだ。でも、これは本当に面白い歌。ここでは、ネットから垂れてくる水は濁っているけれど、自分はそれを見ながら透明になっていく、その対比が面白い。物

★1　岡野大嗣〔一九八〇〜〕、木下龍也〔一九八八〜〕によるこの共著歌集はナナロク社から二〇一七年に刊行された。岡野氏は『サイレンと犀』、木下氏は『つむじ風、ここにあります』、デビュー作がともにベストセラーになった。二人とも若い世代を中心に、多くの読者を得ている。

と人。濁ったものと透明なもの。わずかな一滴一滴の中にも、自分と相対する何かがある。ポタポタ水が落ちていくような、わずかな時を重ねて、今の自分があるんだな、なんて思ったりするんだよね、きっと。今回のテーマは一年間という時間だから、結婚したとか、一人暮らしを始めたとかで、ゴミ入りネットをじっくり眺めるようになったという生活の変化を詠んだのかもしれない。

龍哉　ああ、なるほど。排水溝のネットの掃除をするようになったと。去年と比べて。自分の変化として。確かにそう読むの面白いですね。ネットの取り換えなんて、ささやかな家事だから、今まではそこに目が留まることはなかったけど、いざやってみると、こういう瞬間があるってことを知ったっていうのか。面白い。

むい　私はあんまりテーマとのつながりがわからないながらも、めちゃくちゃいい歌だなと思って。今、お二人のお話を聞いて、確かにテーマと関連づけると、なんかいいですよね。生活の変化があって、今、排水溝ネットを見つめているんだなって。

ちばさと　やっぱり時間とか変化とかを考えると、必ずと言っていいほど生活が浮かび上がってくるね。時間、人生、生活。これまでたくさんの歌人が詠んできたものは、自分の生活とか写生とか、現実の諸相とか、いろいろあったけれど、根本にあるのは時の経過、その変化なのかな。

強くなる気持ち、大きくなる心

ちばさと　次はピアノの歌。

若き日に弾けたピアノの曲想い老いて再び稽古始めむ

堀越登志喜

若いときに弾けたピアノの曲が好きで、忘れられなくて、老いてしまった今、もう一度ピアノを始めようという歌。体はだんだん衰えていくし、指が震えたりとかするかもしれないから、超絶技巧の曲は弾けなくなっていくし、豊かに響くフォルテッシモも、繊細なピアニッシモも出せなくなっているかもしれないけど、もう一度やってみようと思っている。ここでは「ピアノの曲」としか言っていない。「乙女の祈り」とか「英雄ポロネーズ」のような曲名じゃなく、さらっと「ピアノの曲」と言うのがいいかなと思いました★1。

むい　曲名を具体的に言っていないことによって、若かった頃、という大きなイメージに、いろいろな曲がかぶさってくるように感じますね。もう一回稽古を始めるのは、ピアノなんだけど、それよりも、「若き日」そのものに意識が向く感じがあって。ここで具体的に曲名を出されると、やっぱり固有名詞は強いので、音楽のほうにぐっと引き寄せられて、そういう感じにはならないような気がして。

★1　ちなみに、千葉氏が選ぶ「ピアノの名曲ベスト5」は、バダジェフスカ作曲「乙女の祈り」、モーツァルト作曲「トルコ行進曲」、ショパン作曲「英雄ポロネーズ」、チャイコフスキー作曲「舟歌」、伊福部昭作曲「七夕」とのこと。

龍哉　最初のほうは素直な詠みぶりですが、下の句のあたりが、ちょっと古風な感じで、「再び稽古始めむ」は、「稽古」という言い方も、「始めむ」という文語も、かっこいい。かなりの決意を持って、もう一回精進するぞ、という強い気持ちが出ていて面白いなと思いました。

ちばさと　龍哉くんは剣道の達人だから、「練習」より「稽古」のほうがしっくりくるんでしょう？

龍哉　そうですね。でも、「稽古」と聞くと、すぐにつらいものだと思ってしまうんです（苦笑）。

ちばさと　先ほども話題になりましたが、龍哉くんは、大学時代、真剣に体育会系の部活で剣道をやっていましたからね★2。毎日牛乳を飲みながら稽古に励んで、こんなに立派に育ちました。では、むいさん、次の歌は？

むい　はい。この歌のために星の名前を調べました。

星の名を知ったこころは不可逆にふくらむ・プロキシマ・ケンタウリ　　湯島はじめ

「プロキシマ・ケンタウリ」は星の名前です★3。知るということは、忘れでもしない限りは不可逆なことで、星の名前を知っていくことによって、なんとなく心が大きくふくらむ感じ。嬉しくなる感じ。よくわかる気がするんですけど、この「こころ

★2　東京大学の体育会は「運動会」といい、各部が学生を「総務部」に派遣して運動会全体を運営していた。総務部から学生三人が運動会の理事になることになっており、寺井氏も東京大学運動会理事を歴任している。

★3　プロキシマ・ケンタウリは太陽系に最も近い恒星として知られている。

は不可逆にふくらむ」というフレーズを読むと、あと戻りせずふくらんでいく様子から、自分が星になっていくような面白さがある歌なのかなと思いました。それから、星の名だけでなく歌全体が「・」でつながっているところからも、自分が星になる感じがさらにしてきます。

ちばさと　自分が星になっていく。自分と星が同列である。

むい　そうですね。星の存在が自分の一部になるというか。私はそうやって読んだんですけど。

ちばさと　この星への思い入れがどんどん強くなっていく感じ。なんか今、ぐっと来たね。急に視野が広がった！

龍哉　初谷さんの読みだと「ふくらむ・プロキシマ・ケンタウリ」みたいな、星の名前に見えてくる感じですかね。「ふくらむ」も含めて星の名前に？

むい　そうです。

龍哉　そうすると、前半が序詞★1のようなはたらきをして、後半につながっていくのかな。なるほど、と思いました。僕は「ふくらむ」と「プロキシマ・ケンタウリ」の間をあんまり意識していなかったので、そうやって「ふくらむ」が浮き上がってくる感じがするのは面白いですね。何かを知ると、それは容易には失われないということですよね。何か新しい知識を得ることによって、全く違ったものが生まれる、実は自分自身も変わっていく、と考えるのは、斬新で、明るい捉え方だと思いました。

★1 和歌の修辞の一種で、歌の主題そのものと直接には関わらない二句以上の言葉が、歌の中心的な内容につながる言葉を導くもの。

ちばさと　どこかに、はるかなものをめざす心意気を感じる。宇宙をほのかに思わせる「スペース短歌」に、まさにふさわしい一首ですね。時の経過と人。時とともにもたらされる広がり。今回のテーマ、どんどん深まっていきます。

わたしは、この世界に対して「無」である

龍哉　次はこの歌を。

自分でも気づいてなかったこんなにも芋羊羹で熱弁するとは　タカノリ・タカノ

芋ようかんを馬鹿にされた場面かな★2。いつのまにか芋ようかんのすばらしさを熱弁してしまった。まさか自分がこんなに熱くなって、芋ようかんを語る日が来るなんて！　熱いけれど、何か楽しげな熱さ。一年前には、こんなことを話題にできる状況ではなくて、それが今はそうじゃないということで、もしかしたら人間関係や環境の変化があったのかもしれない。ちょっと面白いなと思いました。芋ようかんで熱弁をふるえる相手って、すごく親しい間柄だと思うから。

ちばさと　じゃ、芋ようかんについて熱い意見を抱いているむいさん、どうぞ。

むい　私、芋ようかんについては「無」なんですけど。

★2　さつまいもがあれば家でも作れる芋ようかんは、素朴なおやつとして愛されてきた。

ちばさと　今日のむいむいは、「無」が多いね。

龍哉　「無」なのか！

むい　私は、この世に対して、どうしても「無」なところがあるので★1。この歌で詠まれているのは、芋ようかんについて熱弁するという、確かにちょっと嬉しい感じがすること。ワクワク感がある。私は最初この歌を読んだときに、気づかないうちに芋ようかんをめちゃくちゃ好きになっていた人の歌だと思って。でも、周囲との関係性もうたっているのかな。芋ようかんについて、元々熱い気持ちを持っていたんだけれども、周りの環境が変わったことによって、それについて熱弁できるようになったとも捉えることもできると思いました。でも、実はこの歌、文章として見直してみると、やや気になる。「気づいてなかった」じゃなくて、「思わなかった」にしたほうが、自然な日本語になると思うんです。その違和感が歌の持ち味になっているとは思うのですが、ちょっと引っかかってしまいました。

ちばさと　むいむいの言う通り、ここでは「思わなかった」のほうがコロケーションとして自然だよね。でも、もしかしたら自分でも気づいていなかったと強く言っておいて、さっきむいさんが言っていた、ワクワク感を強く打ち出したかったのかな。日常のお菓子、芋ようかんに光を当ててくれた歌でした。タカノリ・タカノさん、ありがとうございました。

★1 以前、千葉氏は「むいさんの名前は『無為』からつけられたの？」と聞いたことがあるらしい。その答えは「特に何も考えてませんでした」だったという。

悲しみと非日常

ちばさと　次は千葉が選んだ歌を。

もうママと呼ばれぬ二度目の夏が来る　全部に「はい」って言えばよかった　吉本美加

子どもはいつも「ママ」と呼んでいたけど、いつのまにか「母さん」とか「お母さん」とか言うようになる。そうなると、もう「ママ」には戻らないよね。今回の投稿歌には、時の不可逆性を突きつけてくるものが多いけれど、この歌もその仲間。昔は「ママ」と慕って、何でも話してくれたのに、あんなに自分を頼ってくれたのに、今はもうママとは呼んでもくれない。だからママと呼ばれていた「黄金のママ時代」に、もっとこの子の要求に応えていればよかったな、と思う。子育ては大変だから、つい「我慢しなさい」と叱ったり、ときに聞き流したりしたけれど、あのときに「はい。いいよ」と答えていれば、親子の思い出がもっと増えたのかな、と後悔しているとしたら、なんて切ない歌だろう！

むい　私は、もう子どもがいなくなっている歌なのかな、と思っていました。

ちばさと　もっと悲しくなってきた。

むい　どうしてかというと、ママと呼ばれなくなったことに対して、「全部に『はい』

って言えばよかった」をどうつなげて解釈したらいいのかわからなかったからなんです。たとえば、これはちょっと無理やりな読みかもしれないんですけど、神様のような存在が、この人の子どもを奪って、「もしあなたが〇〇するならば子どもは返してあげよう」と言ったとする。そのときに、無理難題を言われるんだけど、それに「はい」って答えればよかったという……、そういう話なのかな、とか。全てに「はい」と答えたら、子どもは戻ってきたんだけど、そう答えられなかったから、子どもを失うことになった。全部に「はい」と言うのは、結構な力がいることだと思うんですよね。質問が何であれ、「はい」と言って向き合うのは、すごく強いことだから。

ちばさと　なんてつらい物語なんだ……。「杜子春」★1が、そういう系統の物語だよね。

龍哉　僕も、最初は、子どもはもういないのかなと思いましたね。子どもを奪われたとか、子どもが亡くなったとか、そういう可能性もあるけれど、もしかしたら遠くに引っ越したとか、大きくなって独立してどこか別のところで暮らしているとか、そういうことかもしれない。ただ、ここでは、子どもの不在をすごく感じたんです。でも、やっぱり二度目というのも、結構、大事かなと思う。最初の夏じゃないんですよね。子どもを失って、もう二度目の夏。

ちばさと　二人の発言を聞いていたら、この歌に、子どもを失った悲しみしか感じられなくなってきた！　でも、これだけ悲しみをかき立てるのも、この歌に、過ぎ去った時への哀惜が込められているからなんですね。

★1　芥川龍之介〔一八九二〜一九二七〕の短編「杜子春」では、仙人を志望している青年・杜子春に対して、仙人が「何があっても決して声を出してはいけない」と命じる。その後、杜子春には、声を出さずにいられないような出来事が降りかかり……。「はいと言う」のとは正反対の「言ってはいけない」系統の物語。

龍哉　悲しみのあとは、明るさを。僕が最後に選んだのは、この歌です。

きみはまだ知らないでしょう真昼間に浴びるシャワーの澄んだあかるさ　菊智七星

人生のいろいろを知り始めた人が、まだ知らないことが多い人に話しかけている。「真昼間に浴びるシャワーの澄んだあかるさ」は、何となくよくわかる気がします。日常を少しはみ出している感じ。夜や朝に浴びるのは日常的だけど、昼間にシャワーを浴びたあとに、まだ窓の外がすごく明るいという違和感や喜び。非日常の感じを教えてくれている歌かなと思いました。

ちばさと　日常以外の世界を知っていくのが、人としての成長なのかもしれないね。一年、また一年と年をとっていく中で、だんだん日常をはみ出していく。菊智七星さん、ありがとうございました。では次、むいさんの選んだ最後の歌は？

むい　はい。雨さんの歌です。

2年後の月面着陸知ってたらあなたの腕を離さなかった　雨

人類の月面着陸の二年前、それが成し遂げられることを知っていたら★2、あなたの腕を離さなかっただろう、と、そのままそういう内容なんですけど、「知ってたら」

★2 ちなみに、人類初の月面着陸が成功したのは一九六九年七月二〇日、アポロ11号によって。

に対して「あなたの腕を離さなかった」ことは全然つながらない感じがして。ですが私にはむしろ、このつながらなさは魅力的でした。すぐには納得できないことを言ってるんだけど、月面着陸という遠くで起こっていることと、あなたの腕を離すことによってあなたが遠くに行くことが、なんとなく近しい感じもして。つながらないんだけど、そのつながらなさを楽しみたい、その飛躍を楽しみたい歌なのかな、と思って選びました。

ちばさと　ちょっと気になる歌ですね。もっとちゃんとあなたを愛していればよかった、という後悔なのかな、と思った。あなたが宇宙開発に乗り出す科学者や宇宙飛行士になったときには、もうあなたと別れた状態だった、ということかな。少し安易な読み取りかもしれないけど……。

むい　そうか。あなたも私も宇宙飛行士で、というようなシチュエーションだと、説明をつけることができるかも。

ちばさと　でも、そうすると、歌に対してネタばらしを求めているみたいだから、むいさんみたいに「ちゃんと辻褄が合ってはいないけれど、その雰囲気とか、そこに込められた気持ちを表に立ててみる」という読みのほうがいいんじゃないのかな。そっちのほうが歌の味を引き出すのかな、と思いました。スペース短歌は、いろいろな解釈を楽しむ場でもあります。ありがとうございました。最後に千葉が選んだ歌は、これです。

卒業して先生と仲良く　バレぬようにそっと混ぜる　タメロ

水城レオ

私事ですが、今、サイエンスフロンティア高校★1に勤務しておりまして、先月、十三期生を卒業させたばかりなんです。いろいろあったけれど、今思えば、みんないいやつばかりだった。十三期生、大好きでした。四月になってからも、時々、大学生になった卒業生が来てくれるんです。大学へ出す書類を取りに来たり、「なんでもないけど、ちょっと近くまで来たから」と寄ってくれたり。俺も嬉しくなって、いろいろおしゃべりするけれど、ちょっとした言葉の端々に「なんか大人になったなぁ」と感じて、嬉しかったり、寂しかったり。教員ごころは複雑です。

龍哉・むい　あぁ（ため息）。

ちばさと　そんな今の自分に刺さる歌でした。水城レオさん、ありがとうございました★2。

★1 横浜市立横浜サイエンスフロンティア高等学校。附属中学校も併設している。横浜市鶴見区にある、世界でいちばん面白い学校。

★2 あとで、この作者がサイエンスフロンティア高校の十三期の卒業生だと判明！ちばさと、大いに驚く！

この世界はあなたを含んでいる

ちばさと　スペース短歌第二回、そろそろお別れのお時間です。「一年前はできなかったこと（できていたこと）」というテーマに、時と人とのかかわり、さまざまな人生の変化を感じさせる歌をたくさんお寄せいただき、ありがとうございました。最後のコーナー。「とっておきのフレーズ」。むいさん、よろしくお願いします。

むい　前回も少し触れましたが、舞城王太郎★1さんの話を少し。『好き好き大好き超愛してる。』という小説がめっちゃ好きだとお話ししたんですけど、同じ作者の『淵の王』という小説の一節をご紹介します。

あなたを含んでいるという理由で、私はこの世界が好きだった。

舞城王太郎『淵の王』（新潮社、二〇一五年）

私は、このフレーズに衝撃を受けました。あなたが好きということと、この世界が好きということは、それぞれ違った理由があると思うんですけど、「あなたを含んでいるという理由で」という言い方には、あなたへの愛と世界への愛が増幅するような印象を受けて、すごく感動したんです。

ちばさと　あなたへの愛が増幅しているという、その読みがすばらしい。愛は、決して小さくならない。増幅して、膨れ上がって、大きくなっていく。むいさんの感受性に打たれました。

龍哉　世界中が全部敵、というドラマチックな設定もよくあるけど、ここでは、世界への思いとあなたへの思いが対立しないわけですね。「あなた」がいることで、この人にとって、世界がよりよきものになっている。かなり大きな認識の変化をもたらす、

★1　42ページ参照。

すごい言葉だなと思いました。

ちばさと　「とっておきのフレーズ」、今月は初谷むいさんでした。ありがとうございました。では、お二人から、最後のご挨拶をお願いします。

龍哉　今日は、生活や思いの中にあるいろんな時間を考えることになりました。日常をうたったように見える歌でも、その中には少し不思議な時間が流れていたりして、発見がありました。

むい　今回は、時間についてたくさん考えました。小さい時間から大きい時間まで、簡単にはまとめられないほどいろんな時間があって、面白かった。もっといい評ができるように、スペース短歌と一緒に私も成長していきたいと思っています。

ちばさと　心強い！　今日も、むいさんの言葉には大きな力があって、時間の広がりと心の広がりと、両方を感じさせてくれるものでした。鋭く突っ込んでくれる龍哉くんと、キラーフレーズを生み出してくれるむいさんのおかげで、スペース短歌は発展していきます。来月は、スペシャルなゲストにもお越しいただく予定です。お楽しみに。来月もよろしくお願いします。

第3回

なぜか覚えている一瞬

GUEST
服部真里子

配信日
2024年
6月27日（木）

魔女と銀河からスタート！

ちばさと　スペース短歌、始まりました。出演者一同、今日もZoomでつながって、お互いの顔を見ながら話しております★1。今、一気にたくさんの方がスペースに入ってくださいました★2。とっても嬉しい！

龍哉　みなさん、ありがとうございます。

むい　今日もよろしくお願いします。

ちばさと　前回も、むいさんの力強い解説と、龍哉くんの鋭い分析が、大好評でした。

むい　嬉しいですね。みなさんからいい歌をたくさんポストしていただいたので、今日は、もっともっと頑張ります。

ちばさと　むいむい、気合が入っているね。俺も頑張ります！　さて、今回は、後半に入ってから、特別ゲストの服部真里子★3さんをお迎えします。どうぞ、ご期待ください！

★1　先月に引き続き、Zoomの音声をスマホからスペースに流すという方式を採っている。

★2　スマホの画面を見ていると、一瞬で、画面いっぱいに新しい方の名前が表示された。

★3　25ページ参照。

さて、今回のテーマ「なぜか覚えている一瞬」は、東直子★4さんが考えてくださいました。直子さんは、短歌だけでなく、小説家としても著名です。ふいに訪れる思いがけない出会いや、なんでもない人生が輝くひとときを教えてくれる名短編がたくさん★5。このテーマは、そんな小説の世界にも通じている気がしますね。直子さん、本当にありがとうございました。では、最初の歌を、むいさん、お願いします。

むい　面白い歌がたくさん。では、最初は、この歌です。

そういえば隣りのおばちゃん魔女だった最後はお風呂に流れて消えた　雨

この歌の面白いところは、「この歌で描かれていることは本当のことではない」ということだと思うんですよね。人が魔法を使うことはありえないし、「お風呂に流れて消え」ることはない。けれどそう書いてあるということは、主体は何らかの理由でそれを信じているということだと思うんです。特に、「お風呂に流れて消えた」の部分は嘘に決まっているし、その場面を見ることはできないので、もしかしたらたとえば、この人の家族が、「あの人はお風呂に流れて消えたんだよ」と言っていたとか、何か理由がありそう。そうすると実は恐ろしいのは「魔女」である「おばちゃん」ではなく、自分たちのほうなのかも、とか妄想のふくらむ歌でした。

龍哉　「そういえば」ってことは、たいして重要じゃない記憶なんでしょうね。お風

★4　29ページ参照。

★5　東氏の名短編は『とりつくしま』『晴れ女の耳』などの短編集でお読みください。

呂に流れて消えてしまうというのも、はかないイメージ。「魔女」が巨大な悪という感じがしないところも、軽みがあっていいですよね。

ちばさと　この歌の面白さがよくわかりました。俺が好きな児童文学の世界にも通じているような気がします。また「魔女だった」というひとことで、ちょっとユーモラスな異世界を作り上げられるのが、短い詩形のよさかもしれませんね。雨さん、ありがとうございました。

龍哉　僕が最初にご紹介するのは、この歌です。

踊り場はふたりの銀河。イヤフォンできみと繋がる　雪もとけてく　りんか

　学校の階段の踊り場で、ふたりで休憩しているというか、遊んでいるのかなと思いました。このときのふたりにとっては踊り場が全てで。外は銀世界なんだけど、それすら溶けてゆく感じがするという全能感でしょうか。

むい　うんうん。おそらく、起こっていることとしてはどこかの建物の踊り場で有線のイヤフォンを片耳ずつ「きみ」と分け合って音楽を聴いている、だけの話だと思うんです。それなのにこんなに壮大に感じるのが面白いですね。確かに全能感を感じます。

ちばさと　「ふたり」の特別な瞬間を描いた歌でした。りんかさん、ありがとうござ

いました。

永遠に限りなく近い一瞬

ちばさと　次に、千葉も、こんな面白い歌を選びました。

阿部上田小川と泣いたどうしよう加藤ですけど打ち上げ進む

風ノ桂馬

　みんなで打ち上げパーティー★1をしているところかな。一人ひとことずつ挨拶をしていくことになって、阿部さんが泣いたら、上田さんも泣いた。小川さんも！　となったら次は自分（加藤）の番だから、泣かなくちゃいけないのか!?　めっちゃ面白いですよね。五十音順に挨拶をするというのは、出席番号文化★2のある学校生活を思い出させます。もしかしたら、高校の文化祭の打ち上げの場面かもしれない。「加藤」の胸のドキドキが聞こえてきます。クラスの出席番号といえば、千葉はいつも真ん中あたりでした。お二人は、何番目くらいだった？

龍哉　本名は五十音では早めなので、いつも十番以内でした。

むい　私は本名がかなり後ろのほうだったので、いつもだいたい最後から何番目、ってところでした。

★1　大仕事を終えた充実感の中、関係者が集う慰労会。この本が大ベストセラーになったら、著者三人も、ご関係者のみなさんと一緒に打ち上げを行うとのこと！

★2　二〇二四年現在、多くの小学校・中学校・高校では、男女別名簿ではなく、男女混合の五十音名簿を作成している。

ちばさと　そうか。はじめのほうだと緊張するし、最後のほうだと「前の人たち、いい話をしてる」とプレッシャーを感じたりするし。ドラマがありますね。

むい　この歌、「加藤」の気持ちが気になりますね。「えー、みんな泣いてるよ、勘弁してよ」と冷めているのか、はたまた「みんな泣いてるのになんで自分だけ泣けないんだろう……。」というちょっと恥ずかしいような気持ちなのか。実際にこの後どうなったのか想像するのが楽しいタイプの歌ですね。

龍哉　「加藤」の視点でも、第三者の視点でも読めますね。野坂昭如がエッセイ★1で、五十音順で早めの人は性格が明るくなりがちだ、というようなことを書いていました。名前で順番が決まるってのは、見ようによっては酷なことかも……。

ちばさと　名前の五十音順の影響力、大きい！「加藤」の表情を想像すると、また笑いたくなりますね。風ノ桂馬さん、ありがとうございました。

むい　次にご紹介するのは、読んでいて、大切なことを確認できた歌です。

違う鳥を見ているのかもしれなくてうれしくなった冬の湖畔で　霧島あきら

恋人なのか、友達なのか、家族かもしれないけれど、誰かと一緒にいて、「鳥がいるね」「本当だ。かわいいね」と話している。でも、話しているうちに、もしかしたら違う鳥を見て話していたかもしれない、と気づいたっていう歌。二人がどんなに親しくても、

★1 野坂昭如〔一九三〇～二〇一五〕による『幸福のどん底』（番町書房、一九七六年）所収の「野坂式〝姓名判断法〟」に、「ア行の人たちは、その名前のせいというより、小学校の点呼が身にしみついてしまって、なにかというと先頭に立ち、旗をふる方にまわるのではないか」とある。

全く同じ気持ちになることはないし、二人がどこか違っていることが嬉しいっていう感覚は、意外とあるなと思っていて。同じものを見ていることはもちろん幸福ではある。でも、違うものを見る嬉しさもある。私たちはそれぞれ違っている人間だ、という嬉しさってあるな、と再確認しました。すごく好きな歌でした。

龍哉　初谷さんのお話、すごくよくわかります。今われわれは同じ短歌を読んでるわけだけど、三人とも、解釈が微妙に違ったりするわけですよね、自分はこう思い込んで読んでいたけど、たとえば千葉さんは全然違う読み方をしてて、初谷さんはまた全然違う読みを言ってきたとなると、正直、ビビるけど、でも、その違いがわかることがちょっと嬉しい。「ああ、そっち側にも世界があるんだ」という、そのことはわかる。それが、この歌の場合は鳥なんですね。「あそこに鳥がいるね」と、自分は夢中になって話していたら、どっかのタイミングで「え？　違う鳥を見てた？」みたいな話だったわけですよね。そのときの、この人には別の世界が見えてるな、世界は実はもっと豊かだな、というのが嬉しいし、もっといろいろな世界を知りたいと思わせてくれるものですよね。

ちばさと　そうだよね。親しい間柄の二人なら、思い込みでおしゃべりしていても楽しめる。この二人が手探りで何か見つけようとしてる過程を詠んだのかもしれないし。さまざまな気づきをいただきました。霧島あきらさん、ありがとうございました。龍哉くん、次の歌をどうぞ。

龍哉　（あわてて資料をめくりながら）あ、すみません、今、ちょっと違う鳥を見てました。

ちばさと　うまい！　このところ、寺井龍哉くん、すごく進化してませんか？　笑いをとろうとしている！

龍哉　してないしてない（照れる）。では、こんな出会いの歌を。

駆け込んだエレベーターにきみがいて　なんて睫毛が長いんでしょう　千々岩清

急いでいて、エレベーター★1になんとかギリギリ乗り込んだところです。誰もいないだろうと思ったら、意外なことに「きみ」がいた。その顔をつい眺めてしまい、「なんて睫毛が長いんでしょう」。だから、かなり間近に顔があるという感じですかね。それで、睫毛の長さは、前々から知っていたのかもしれないし、このとき改めて気づいたのかもしれない。でも、間近に見て、「うわ、長い！」と思った。全て一瞬のことだった。

ちばさと　今の解説の「うわ、長い！」のところ、「スピード感」と「間近感」と「長い感」が、全部そろっていたね（笑）。

龍哉　いえいえ（笑）。

むい　一瞬の出来事が永遠になる、という感覚ってあると思うんです。この歌も、そうかもしれないと思って読みました。一字空きが効いてるんですよね。一字の空白に

★1　ちなみに、千葉氏は、ときどき「エレベーター」と「エスカレーター」が、どっちがどっちかわからなくなる。今後は、この歌を思い出して、「エレベーターは、きみと出会う箱のほう」と判断したいとのこと。

一瞬の間があって、そのあとで「なんて睫毛が長いんでしょう」って気づきがある。睫毛が長いことに気づく時間っていうのは、歌の中ですごく長く設定されていて、永遠に限りなく近い一瞬になっているんじゃないかな。

龍哉　永遠と一瞬。なるほど！

ちばさと　むいさんの言葉に、ハッとします。「永遠に限りなく近い一瞬」って、とても深いね。短歌評論界★2の北島マヤ★3だね。俺は、三原由起子さん★4の歌を思い出しました。

嫌だった短い睫毛が粉雪を受け止めるような君との出会い

三原由起子『ふるさとは赤』（本阿弥書店、二〇一三年）

睫毛がコンプレックスだった私。その短い睫毛で、精一杯、粉雪を受けとめるんです。いや、粉雪が、そんな睫毛に降りてきてくれる。そんなふうに、あなたと出会えた。睫毛の長さはだいぶ違うけれど、この歌も、千々岩清さんの歌も、出会いの不思議さ、運命の面白さを詠んでいると思う。千々岩清さん、ありがとうございました。

★2　一般に「歌壇」や「短歌界」と言われることはあるが、果たして「短歌評論界」という言葉は一般的だろうか。こういうコミュニティーが、ぜひ存在してほしい。栄えてほしい。

★3　美内すずえの漫画『ガラスの仮面』の主人公。演劇の天才少女。

★4　三原由起子〔一九七九〜〕歌人。歌集に『ふるさとは赤』『土地に呼ばれる』。

透明なものは上がる！

ちばさと　次は、一読して心惹かれた歌を。

花束をちょきんと整えるように傘袋すてるレジの人の手　入谷聡

コンビニで傘を買って、「すぐ使います」と言うと、レジの方が外袋をさっと切って捨ててくれます。傘をすぐに使えるように、ってサービスしてくれる。それが花束を切り揃えるときの仕草に似てる。買ったばかりの傘は、乾いているけれど、もうすぐ濡れるでしょう。だから少し先の未来に水の存在を見てるのかな。だから「花束」を連想しているのかな、と思いました。

龍哉　これは、比喩の、喩えるものと喩えられるものの距離が近いのが面白いですね。花束をちょきんと切り整えるのも、店員さんがやりそうな行動じゃないですか。なので、もっと突飛な比喩でもよかったんだけど、わりと近いところから持ってきてる……。

ちばさと　比喩には近さ、遠さがあるのか。俺は、近い比喩って誠実な感じがして好きだけど。

龍哉　なるほど、そうかもしれないですね。それから、僕は傘を買わないので、千葉さんの説明を聞くまで、この歌の場面がよくわからなくて。

ちばさと　え？　傘を買わないの？　もしかしてイギリスの紳士のように、傘をささないの？

龍哉　買わない。走って帰る。

ちばさと　走って帰る⁉　危ないよ、転んじゃうよ！★1

龍哉　もちろん、場合によるけど。でも、その場で袋を捨ててもらうっていうことが、今までなかったので、ちょっとイメージできなかったなぁ。

ちばさと　俺はコンビニのビニール傘を買うのが、大好きなんだ。

龍哉　え？　大好き？（笑）。その行為に、好きとかあるんですか？

ちばさと　あるよ！　コンビニの傘って、透明だから嬉しくない？　透明な傘って、アイドルの持ち物だし★2。

むい　ふふふ（笑）。でも、確かに透明なものって上がりますよね。

ちばさと　うん、上がる、上がる！　やった！　仲間が増えた！

龍哉　へー。透明なもので上がるんですか。

むい　私も、傘はコンビニでは買わなくて、最初はわかりにくかった。さっき「近い比喩」っておっしゃってましたけど、その近さが、すごくいいなっていう感じの詠み味でした。「傘袋すてる」って、ちょっとネガティブな言葉だと思うんですけど、それが、花束を「整える」という、ちょっといい言葉と重ね合わせられることで、傘袋を捨てる手さばきが、初めて見る行為のように思える。新たな発見の感覚があって、そうい

★1　千葉氏は「街中を走ると転ぶ」と思い込んでいる。「昔、おばあちゃんがそう言っていた」とのこと。自身が街中をランニングする際は、ゆっくりペースで走っている。

★2　千葉氏は子どもの頃、テレビの音楽番組で、アイドル歌手が透明な傘をさしながらうたうシーンをよく見ていた。はっきり覚えているのは、原田知世氏が雨の中で「時をかける少女」を歌っていたシーン。テレビに映る顔が暗くならないように、という配慮からビニール傘をさしていたと思われる。

うところがいいなと思って。

ちばさと　「すてる」と「整える」。この取り合わせが、いいね。そこまでは気づかなかったなぁ。むいさん、大発見です。入谷聡さん、どうもありがとうございました。

シュレーディンガーのマグカップ

龍哉　次は、この歌をご紹介します。

実家から使ってたマグがふうわりと落っこちてゆく春のキッチン　鳥さんの瞼

　たぶんこの人は一人暮らしをしてるか、または他の人と一緒に住み始めたかで、実家から離れているんです。で、実家にいたときから使っていた、結構年季の入ったマグカップを、ふと落としてしまった。たぶんマグカップだから、もうすぐ割れちゃうっていう場面ですけど……。

ちばさと　ああ、割れないでほしい！

龍哉　その、手から滑り落ちてしまったときの、ああ、やってしまった、と思うこの一瞬。で、たぶん、この一瞬で、ずっとこのマグカップを使ってきた何年か何十年かの長い時間が走馬灯のように……。

ちばさと　走馬灯のように、って言ったら、なんか、もう、死ぬ前になってるよ！（笑）

龍哉　いやいや（笑）。でも、そんな感じかなと。「春のキッチン」は、あたたかい光に包まれた穏やかな場所だけど、そこで、「ふうわりと」落ちていくマグカップを詠んだことで、静かで悲しい感じが、よく出ている。ちょっと悲しい、でも、忘れられない一瞬を生み出している。

ちばさと　じゃ、龍哉くんは「割れた派」なんだ。俺は「割れていない派」。カップが割れたとは書いていないから。むいむいは、どっち派ですか？

むい　なんか、これは、シュレーディンガー[★1]のマグカップっていうか……。

ちばさと・龍哉　おっ！（驚く）

むい　確認するまでは割れてないっていうか……そういう感じがする。

ちばさと　むいさん、すごいね。歌の評が、深さを増している。どこまで深くなるんだ。

むい　それから、怖い言葉が一つも出てこないんですよね。「実家」って基本的にはあたたかな言葉だし、「マグ」っていう言い方もハートフルで、「ふうわり」っていうのもかわいいし、「落ちる」じゃなくて「落っこちていく」もコミカルで、すごい穏やかで素敵なイメージ。

ちばさと　そうか！　初めて気づいた。

むい　だけれど、起こっている事象としては、長く使ったマグカップが地面に向かって落下していくという、わりと悲しいこと、そのあとのことに言及していないのが、

★1　「シュレーディンガーの猫」とは一九三五年に物理学者エルヴィン・シュレーディンガーが発表した、量子力学に関する思考実験。一定の確率で毒ガスが流れる箱の中に猫を入れたとき、箱を開けるまで猫の生死はわからず、猫は「生きている状態」と「死んでいる状態」が重なり合った状態になっている、という。ここで初谷氏は、二つの状態が重なり合って感じられることの比喩として、シュレーディンガーを持ちだしている。

やっぱりおしゃれポイントなのかな。割れるとも、割れないとも、あえて言わないでおく。この人の中では、この一瞬が、もしかしたら、もうずっと昔のことで、あのマグカップって結局どうなったんだっけな、って思えるくらいでもいい。本当に落ちていく瞬間の、「あっ」って思ってるときを短歌でつかまえた。やっぱりこの歌も、一瞬だけれど、かなり永遠っぽい感じがするな、と思って、すごく面白く読みました。

ちばさと　ありがとうございます。むいさんのおかげで、歌に詠まれた一瞬が、かけがえのないものになりました。鳥さんの瞼さん、どうもありがとうございました。次はむいさんの選んだ歌を、どうぞ。

むい　はい。「六つ」に惹かれて選びました。

夏みかん六つなってる土曜には取り壊されるゆめちゃんの家　吉本美加

「ゆめちゃん」が出てくるんだけれども、なんとなく一首全体が夢っぽい感じ。だけど、「夏みかん六つなってる」というところのリアリティがすごく好きです。週末には取り壊されちゃう、もうすぐなくなっちゃうお家を、最後に「ああ」って見たときに、木に夏みかんが六つなっていた。この六つの、ちょっとわびしい感じが、すごくて……。

ちばさと・龍哉　おお！

むい　夏みかんって、一本の木にあまりにもたくさんなっているから、落ちちゃったりしないかな、と見ていたりする、そういうイメージがあるけど、この歌では六つしかなってないっていうのが、とてもリアルで、なんか寂しい。しかも「数えたんかい！」みたいな、ちょっとした面白さもある。

ちばさと　一目で「六つ」とはわからないもんね。数えたんだ！（笑）

むい　そうですね。もうこの家には、たぶん人が住んでいないんじゃないかな……。だから、人が住んでないお家の特有の寂しさが「夏みかん六つ」に表れている気がして。なんか、すごくリアリティがあるんだけれども、「ゆめちゃん」っていう名前によって、なんとなくドリーミーな感じまで付け加えられていて、よかったです。

ちばさと　「ゆめちゃん」という名も効いてますね。

龍哉　僕の感覚からすると、「六つ」って結構多いです。六つなっている木があったら「ああ！」って目にとまる感じですよね。三つくらいだったら見過ごしてしまうかもしれない。「六」は、絶妙に存在感のある数字でした。あと、土曜っていう捉え方も、火曜日とか水曜日とかではなく、週末らしい、差し迫ってる感じがあって、いいな。

ちばさと　夢の中のようでも、そこにはリアルさが盛り込まれている。「ゆめちゃん」の物語のような一首。吉本美加さん、どうもありがとうございました。

「怖い話」から、服部真里子さん、登場！

ちばさと　ときどきお送りしております、特別コーナー「今まであまり言ってこなかったけれど好きだったもの」今日の担当は、むいさんです。

むい　はい。実は、私は、結構怖い話が好きで……。

ちばさと・龍哉　お！（驚く）

むい　そうなんですよ。小さい頃は、『学校の怪談』★1という本が好きで、図書館にある怖い本は全部読んだくらい！（笑）。あと、ネットの怪談がすごく好きで。そうですね、最近読んでるのだと、『禍話』っていう……。

ちばさと　まがばなし？

むい　「禍々しい」の「禍」。

ちばさと　禍々しい話なの？

むい　『禍話』っていうネットのラジオがあって、そこで紹介された怖い話をまとめ直した文章が結構いっぱいネットに上がっていて★2、そういう短編をいっぱい読んだりとか、あと最近は、『近畿地方のある場所について』★3っていう本を買って、ちょっとずつわくわく読み進めてるんですけど、面白いです！　お二人は、怖い話、好きですか？

ちばさと　龍哉くんは、ホラー映画が駄目なんだよね。怖い話はどうですか？

★1　一九九〇年に第一巻が発売された、講談社の人気シリーズ。

★2　『禍話』とは、猟奇ユニットFEAR飯によるネットラジオ。非営利目的の二次創作が許可されており、ラジオで語られた怪談のリライトも盛り上がっている。

★3　背筋氏によるモキュメンタリーホラー。KADOKAWA、二〇二三年。

龍哉　ええ……、怖い話……、いや、怖い話も結構、駄目ですね。
ちばさと　ほら、なんか、そう言って好感度アップを狙ってる（笑）。
龍哉　いやいやいや。
むい・ちばさと　（笑）。
龍哉　最近は、少しマシになりましたけど、高校生くらいまでは、本当に、怖いものが本当に無理で、たまたまテレビで怖い話をやっているのをちょっと見ちゃったりしただけでも、一週間くらい、それが頭から離れないということは、よくありました。暗い廊下とか、一人で行けなくなっちゃったりして。
むい・ちばさと　（爆笑）。
ちばさと　この話を聞いてね、今、寺井ファンの心が、熱く萌えていますね。ちなみに俺は怖い話、大好きです。講談社から少年少女向けの名作シリーズが出ていて、その中に『怪談』があったんだ。その本で、小泉八雲やビアスの怖い短編を読みました★4。ありがとうございました。むいむいが好きなんだったら、いつかスペース短歌で、「禍短歌」特集をやりたいよね。禍々しい短歌特集。
むい　そういえば、佐藤弓生さんが、怖い短歌をまとめていましたよね。『うたう百物語』★5、怖くて面白かったです。
ちばさと　佐藤弓生さん、いいですね。

★4　少年少女講談社文庫は一九七〇年代から発行されていた児童書シリーズ。その一冊『怪談ほか』は、一九七二年刊。小泉八雲『怪談』の数編や、ディケンズ「魔のトンネル」、ビアス「店をまもる幽霊」などを収録。

★5　佐藤弓生著、メディアファクトリー、二〇一二年。

骨くらいは残るだろうか秋がきて銀河と銀河食いあいしのち

佐藤弓生『薄い街』(沖積舎、二〇一〇年)★1

この歌も、幻想小説みたいで、とてもいい。東直子さん、石川美南さんと一緒に、怖い短歌の本も出しています★2。これに対抗して、『禍々しい歌、うたいましょう』をスペース短歌の三人で出したいね。龍哉くんには苦労をかけてしまうけれど(笑)。では、ミニコーナーは、ここまで。むいさん、ありがとうございました。

ではみなさん、お待ちかねですね。特別ゲストをお呼びします。服部真里子さんです!

真里子　はい、こんばんは! 面白い空気ですね。よろしくお願いします。

ちばさと　よろしくお願いします。真里ちゃん、ちょっとお待ちいただいたから、話したいことがいっぱいたまってるでしょう。なんでも思い切り話してください。どうぞ!

真里子　私も、怖い話、駄目ですね。

龍哉・むい・ちばさと　へー(ちょっと驚き)。

真里子　はい。本当に、怖い話、駄目なんです。怖がりなんで。だけど、私は幽霊に対抗する策っていうのを一つ持ってて。

龍哉　おっ、いいぞ! 聞きたい。

真里子　それは、被害者意識を強く持つことだと思ってます。

ちばさと　幽霊に対して「ひどいや〜」とか言うの?

★1 佐藤弓生(一九六四〜)歌人。歌集に『世界が海におおわれるまで』『モーヴ色のあめふる』など。

★2 東直子、佐藤弓生、石川美南著『怪談短歌入門　怖いお話、うたいましょう』(メディアファクトリー、二〇一三年)。

真里子　そうです。幽霊って、「私をかわいそうだと思ってほしい」っていう欲望の表れだと思うんですね。「こんなひどいことされたのに、仕返しもせずに死んでしまって悔しい、だから私はかわいそうだって言ってよ」って。だったら、私のほうが幽霊に対して言ってやるんです。「何を言ってる。お前がどんなにつらい思いをしていたとしても、すでに死んでいる以上、そのつらさは過去のものだ。私は生きているから、つらさは現在進行形だ。生きている人間のほうが死んだ人間よりつらい」って。こういう気持ちを強く持っていれば、幽霊は「あ、こいつは私のことを『かわいそう』って言ってくれない」と思って退散するんじゃないかと。

むい　へー（感嘆）。

龍哉　なるほど（納得）。

ちばさと　いいこと聞いた。でもさ、同情しちゃ駄目なのかな？　幽霊に「あんた大変だったのね」と言って迎えてあげたり……。

真里子　それもありだと思います。なんか、自分と同じ種類のつらさを経験してきた幽霊だったら、やっぱり「つらかったんだね」って言ってあげたい。そうしたら、お互い幸せになれる気がしますよね。

ちばさと　そうだよね（笑）。

真里子　幽霊も成仏しますよね。

ちばさと　「お互い幸せに」ってとこがすごいね（笑）。真里ちゃん、器の大きさを感じさせてくれる。登場してわずか一分で、この器のでかさ！　恐ろしい人を呼んでしまった（笑）。

真里子　いえいえ、ちっちゃいですよ。最初は「被害者意識を持つ」と力説していたんですからね。

むい・龍哉・ちばさと　（大爆笑）。

ちばさと　むいさんの場合はどっち？　被害者意識を強くする？　それとも受け入れてあげる？

龍哉　それ、どういう質問？（笑）。大丈夫かな。むいさん、答えられるかな（笑）。

ちばさと　むいむい、固まってる（笑）。

むい　いや、もう……、難しいですね。人生初の難しい質問。幽霊に対してどうすべきか、考えたことなかったです。

ちばさと　さっきまで、怖い話が好きだと言っていたむいさんが……。

むい　やっぱり、もし出会ってしまっても見て見ぬふりをするというか、幽霊なんていないんだ、と強く思い込むことが大事な気がします。個人的には。

ちばさと　なるほど。強く信じ込む。龍哉くんは、どうですか？　今、一生懸命考えてるぞ。話を振られると思って（笑）。

真里子・むい　（笑）。

龍哉　いや、服部さんの防御策は、非常に勉強になったんですけど……。でも、やっぱり、怖いものは怖いんじゃないかな。やっぱり服部さんは、怖がり方が僕よりは弱いと思いますよ。

真里子　ああ、そうかな。ちょっと怖いからこそ、この幽霊に負けたくないって、気持ちを強くしてるのかもしれないですね。

龍哉　本当に怖いときは、そこまで頭が回らないんじゃないかな……。

真里子　（笑）。そうですよね。普通に、見た目の怖いのが出てきたら嫌ですよね。

龍哉　そうそう。そうですよね。

ちばさと　でも、見た目が怖い幽霊が、こっちの「わかるよ、その気持ち」というひとことで、優しい顔に戻ってくれたら嬉しいよね。

真里子　ああ、達成感みたいなの、ありますよね。

ちばさと　われわれは歌人だから、幽霊が無念を抱えて出てきたら、「じゃあ、あなたの無念晴らすために一首詠みましょう」とか言って、とびっきりの一首を詠んであげたい。そうしたら、きっと成仏してくれる気がする。

真里子　でも、逆に「お前の短歌なんかで私の悲しみが癒せるか」って、幽霊にキレられちゃったら？

ちばさと　だって、五七五七七って、一三〇〇年以上も前からあるんだから★1、われわれが一首詠んであげたら、幽霊さんが「なんだ？　和歌か？　この言葉の気持ちよさって、どこかで味わったことがあるような気がするぞ」って思い出してくれるか

★1　五七五七七の短歌の形式は、七世紀後半頃の宮廷で成立したと考えられている。

もしれないよ。

龍哉　そうかもしれない。でも、幽霊には、昔の言葉で詠んであげないといけないかも。

ちばさと　そうか。じゃあ、そのあたりのことは、今後の課題といたしましょう。幽霊のことで盛り上がってしまいましたが、ここであらためまして、ご紹介を。服部真里子さんは、早稲田短歌会や同人誌『町』、未来短歌会を経て、現在は無所属。第24回歌壇賞受賞。完成度の高い第一歌集『行け広野へと』で、日本歌人クラブ新人賞と現代歌人協会賞を取っています。第二歌集『遠くの敵や硝子を』も、名著と評判です。もう、一人でどれだけ賞★1を持っていっちゃうんだよ！　っていう感じですね。

★1　歌壇賞：本阿弥書店刊行の月刊誌「歌壇」による公募の新人賞。短歌連作三十首に与えられる。
日本歌人クラブ新人賞と現代歌人協会賞：日本歌人クラブと現代歌人協会による主に第一歌集に与えられる賞。

塾っぽいリアルさ

ちばさと　では、真里ちゃんの選んだ歌を、紹介してください。

真里子　はい、一首目いきます。

肉まんの餡てらてらと見せ合って今夜で終わる塾のともだち　　石村まい

この歌は、確か、むいさんも選んでいましたよね。一読して「わあ！　すごい」と思いました。肉まんやあんまんを割って「あんまんにしたんだ。ほら、私は肉まん」

みたいな感じで見せ合ってる場面でしょうね。塾の友達っていうのは、夏期講習とか、○○コースがある間とか、一緒にいられるのが期間限定だから、「今夜で終わる」のかなと読みました。そういう最後の夜に、「楽しかったね」とかしみじみするのではなくて、さらっと「ほら、肉まん」みたいな会話で別れちゃう。その感じが、すごく塾っぽい。塾に通っている子どもの気持ちが出ています。私も中学受験で塾にいってたんですけど、塾にいくと、帰りが遅くなるじゃないですか。お腹が空くんだけど開いているお店もコンビニくらいしかないから肉まんとか買うんですね。食べ物のチョイスも、やっていることも、塾にいってる小学生っぽい。さらっとした関係性も、たぶん塾で一緒なだけで、学校は違うからだろうなって見えてきますよね。これで別れたら、もうなかなか会えなくなる。それでもこうやって、中華まんの餡を見せ合って終わっちゃうのが、すごくリアル。こういうこと、記憶に残るよなと思って。私も、全く同じ経験をしたことはないはずなのに、なんかこういう場面を知っているような気にさせてもらいました。

ちばさと　だんだん切なくなってきた。

むい　私も、この歌、すごくいいなと思いました。そうですね、私は半分こして食べてるのかなあ、と想像していて。「てらてらと」っていう言い方も、すごく面白い。友達と二人でいる、その瞬間の親密感が、この「てらてらと」にも表れているなと思います。二人の視線が、ギュッと肉まんのほうに集まっている感じが、そのまま二人の距離感になっている気がして。「今夜で終わる」っていうのも、「この先もずっと友達だよ」ではない、乾いた感じ。絶妙な距離感。しかも切ない感じ。ものすごく魅力的な一首だなと思いました。

真里子　むいさんの読み方、感動しちゃいました。すごいですね（絶句）。

ちばさと　すごいね。そして、もっと切なくなってきた。では、真里ちゃん、むいさんと続けて、だんだん切なさが増してきたところで、寺井龍哉がさらに盛り上げてくれますよ。龍哉くん、どうぞ。

真里子　ハードル上げてる（笑）。

龍哉　いやいや、これ以上切なくすると、千葉さんが泣いちゃうから。

ちばさと　（苦笑）。

真里子　お、うまくかわした（笑）。

龍哉　本当に、この歌のドライな感じは、いいですね。「ともだち」といっても、今夜で終わる。なんか「その場の」「その場だけの」っていう感じを盛り立てていますよね。あと、初谷さんが言ったように、「てらてら」が、とってもいい。

ちばさと　自分が「寺井」だけに。

龍哉　そうか、僕が「寺井」なのは、「てらてら」が由来だったのか！

ちばさと　違う違う（笑）。絶対違う！

龍哉　「てらてら」は、僕が好きなオノマトペの上位に入ります。辻仁成★1の文章で、

★1　辻仁成〔一九五九〜〕小説家、ミュージシャン。代表作に『ピアニシモ』『白仏』など。エッセイ集に『そこに僕はいた』。

自転車を飛ばして友達と塾に行くという場面があって、その感じを思い出しました。

ちばさと　塾の友達の歌。スペース短歌から生まれた名歌の一つですね。石村まいさん、どうもありがとうございました。

小学生女子の蛍光ピンク作戦

真里子　次は、この歌です。

一面が蛍光ピンクの愚痴だった　西陽のなかの交換日記　霧島あきら

この歌、すごいですよ。交換日記★2をやっていて、「うわ〜」ってなっちゃうほど、一ページ全部、蛍光ピンクで書かれた愚痴なんですよ。

むい・龍哉・ちばさと　(笑)。

真里子　「うわ〜」と思いながらも、この気持ち、よくわかる！　私も交換日記をやったことがあるのでわかるんですけど、小学生女子、交換日記にペンを使いがちなんですよね。しかもすごい派手な色ペン。で、この歌の主人公の交換日記の相手も、ご多分にもれずすごく派手な蛍光ピンクを使ってるわけなんですけど、その内容が全部、愚痴！　圧がすごいですよね。でも、すごくわかる。蛍光ピンクだから愚痴もちょっ

★2 主に小中学生の間で流行していたもの。一九七〇年代は恋人とひそかに、八〇年代は仲良しグループで、九〇年代は同性の友達と交換するもの、と言われていたらしい。

と明るくなるよね〜なんて感じは全然なくて、逆に生々しい「うっ」って心にくる感じだと思うんですよ。しかも、「西陽のなか」に置かれているから、ちょっと赤いような、ピンクみたいな光に包まれて、ペンの色がますますピンクに輝いて、愚痴特有の圧が「うわっ」と迫ってくる感じ。もう、「うわっ」としか言いようがないんですよね。あくまで愚痴であって、悪口じゃないから、それほど攻撃性があるわけじゃない。ただ「圧」はある。少なくとも、純粋にいいものではない。「一面が蛍光ピンクの愚痴だった」という光景を、西陽の中に置くという構図をよく思いついたな、と感動しました。

龍哉　この「蛍光ピンクの愚痴」って比喩じゃないんですね。実景？

真里子　私は実景だと思いました。

ちばさと　俺も比喩じゃなく、蛍光ピンクのペンで書かれた交換日記を思い描いてた。

龍哉　ああ、そうなんだ。僕は、ちょっと蛍光ピンクにあんまり造詣が深くないもので（笑）、おしゃべりがヒートアップする感じを、比喩的に表現しているのかな、と思っていました。一人が言ったら、それに対して「ああわかるわかる」みたいな反応があって、議論がさらに盛り上がる。愚痴なんだけど華やいで高揚する感じ。それが、交換日記の中でも続いている。一人が愚痴を書くと、もう一人がそれに共感して盛り上げていく、みたいな。そんなふうに読み解いていたので、本当に蛍光ピンクだという読みには圧倒されました。

ちばさと　そうなのか。むいむいはどう思った？

むい　私は本当に蛍光ピンクのペンで書いた派。
ちばさと　やった！　味方が増えた！（笑）
むい　やっぱり、小学生ってデコるんで、デコった結果、だんだん真っピンクになってる。
真里子　そう、デコるんですよね。わかります。私もやってました。
むい　そう。でも、そういう光景の中に、さっき寺井さんがおっしゃった、華やいだピンクっぽい雰囲気というか、盛り上がってる感じというのも感じられるかな、と思いました。服部さんの読み、その通りで、うなずきました。下の句「西陽のなかの交換日記」で、上の句が何の話だったか種明かしをするような構造になっている歌ですが、この「西陽」がいいですよね。不思議と少し昔の話だ、という雰囲気が出て、なんとなく「愚痴」というネガティブな言葉から距離をとれる感じがします。
龍哉　じゃ、この「交換日記」は、やっぱり数年前のもの、過去のものとして詠まれているんですかね。
ちばさと　そう思う。「西陽」という語に、過去を思わせる効果があるよね。
真里子　私、やっぱり子どもの頃の記憶だろうなって気がしましたね。蛍光ピンクのペンで、しかも交換日記を書くのは、小学生の文化じゃないかな。
ちばさと　小学生の頃のささやかな思い出が、今の人たちをこんなに楽しませることになる。過去を鮮やかに蘇らせる歌の力ですね。霧島あきらさん、どうもありがとうございました。

石崎なら、きっと喜んでくれる！

ちばさと　真里ちゃん、もう一首いきましょうか。

真里子　読んだ瞬間、これは必ず選ぼうと思った歌です。

ほほづゑで見つめてゐたら石崎に気持ち悪いと言はれたマック　朧

「石崎」がとても効いている。妙な具体性。いそうでいない名字。なんか想像がつくんですよね、「気持ち悪いんだけど」みたいなことを言ってくる、石崎っていうキャラクター。この歌には独特の質感がある。旧仮名遣いなんですけど、それも効いてるなと思って。「ほほづゑ」で見つめているけだるい、しっとりした感じも、本当に旧仮名とよく合ってるし、舞台がマックなのもいいですよね。チープなんだけど、妙に懐かしいような場所。で、「気持ち悪い」って言葉に表れた、不思議な親しさもいい。始まり方が特にいいんですよ。いきなり「石崎」が出てくるんじゃなくて、まず「ほほづゑで見つめて」いるところが描かれる。「誰が」とか「何を」とかは書かれていない。で、歌を読みすすめていくと、そうか、石崎を見ていたのか、で、気持ち悪いと言われたのか、というように、二人の関係性がゆっくり見えてくる。この書き方もうまいんですよね。いい歌だと思います。

ちばさと　大絶賛、ありがとうございました。真里ちゃんに、いい歌を見いだしていただきました。

龍哉　これは関西の人ではないっていうことですね。「マック」だから。

ちばさと　そうか。関西なら「マック」でなく、「マクド」か。

龍哉　ええ。まず、そんなことを考えました。「石崎」という名字は、今の服部さんのお話が、とても面白かった。「石」で、かつ「崎」だから、ちょっとゴツゴツしたイメージの名前ですよね。もちろん世の中にはいろんな石崎さんがいると思うけど、名字だけ取り出されたときに、なんかちょっと頑固、なんかちょっと真面目、でもなんか無骨な感じが浮かび上がる。固有名詞を入れる面白さがあるなと思いました。

ちばさと　ありがとうございました。今、このスペースを、どれくらいの石崎さんが聴いてくれてるのかな。早く本にまとめて、全国の石崎さんにお届けしたいね。

龍哉　でも、「気持ち悪い」と言っていた石崎だから、ちょっと嫌だと思われるかも(笑)。

ちばさと　いやいや……、でも、それを喜んでくれるのが「石崎」だよ。「石崎」なら、きっと喜んでくれる★1！

むい　服部さんが、「二人の関係性がゆっくり見えてくる」とおっしゃっていましたけど、本当にそういう歌だなと思って。「気持ち悪い」って、やっぱり言われたくないし、嫌な言葉なんですけど、二人の仲のよさからくる「気持ち悪い」だということが、「マック」という単語からわかる感じがして。石崎を見つめていたら、その石崎から「気

★1　もし、この本をお読みの方の中に石崎さんがいらっしゃいましたら、短歌のイベントなどで、著者を見かけた折にぜひお声がけください。この歌について、ぜひ楽しく語り合いましょう（ちばさと談）。

持ち悪い」と言われた。関係性からくる色気、みたいなものがある歌な気がします。

龍哉　ああ、なんかわかる。じゃれあいたいというかね。

むい　みなさんのお話の中にあった通り、「石崎」っていう固有名詞がすごくいい。「あなたに」じゃなくて「石崎に」。ここが「あなたに」だと、近しい感じがしすぎて、やっぱり「石崎」ほどの魅力はなくなるんじゃないかな。「石崎」にしてることによっていい感じの距離感が生まれていますね。

ちばさと　「石崎」でこんなに盛り上がりました。朧さん、そして「石崎」さん、どうもありがとうございました。

虹、タイル、眼鏡、そしてマスク

むい　次は、「虹」が印象的な、この歌です。

前を行くひとが急いで傘たたみ足をぽりんと掻いている虹　　おくまほ

自分の前を歩いている人が傘をたたんで、そこから「足をぽりんと掻いている」というモーションに続く。ここに意外性があって、面白かったです。足を掻くという絶妙な動作に加え「ぽりん」という擬音語があることによって、一首がのんきな空気感に包まれています。こののんきな感じが、とてもよかったです。急いで傘をたたんだという動作が、足がかゆかったからしたことなのか、虹を見たくてしたことなのか、そこは判断できない気がするんですけど、動作の理由がわからないところもいいですね。最後に「虹」という、希望のあるモチーフを出していて、それも印象に残ります。

ちばさと　ありがとうございました。最後の「虹」が、決まってますね。

真里子　私は、やっぱり「足をぽりんと掻く」がいいなと思う。こんな動作、わざわざ言わないじゃないですか。人間が行動する中で、意識からこぼれちゃう一瞬ってありますよね。それを後ろから見ている人だからこそパッと捉えられた。たぶん足を掻いている本人は、無意識でしていると思うんですよね。

龍哉　そうか。無意識の行動を詠んだのは、いいですね。僕は「ぽりんと」にスナック感があって、面白かった。全く違う動作なんだけど、スナック菓子を食べるときの手軽さが加えられたみたいな感じ。面白いオノマトペだなと思いました。

ちばさと　龍哉くん、腹減ってきたんだよね、きっと（笑）。

龍哉　（笑）。

ちばさと　お聴きのみなさんも、夜のおやつをご用意してください。飲んだり食べたりしながら、お気軽にスペース短歌をお楽しみいただきたく思います。龍哉くんも、真里ちゃんも、むいむいも、何か飲んだりしてね。じゃ、次は龍哉くんの選んだ歌を、どうぞ。

龍哉　はい。同じ作者の歌です。

日が暮れる　あの日あなたが押し黙り見つめたタイルをきれいに磨く　おくまほ

深刻な話し合いをしたんでしょうか。「タイル」だから台所かもしれない。かつてあなたが、じっと床のタイルを見つめたことがあった。今はもう「あなた」とは離れてしまったかもしれない。かつて一緒にいた二人が、ともにつらい思いをした、もしかしたら、別れを切り出すような、かなりヒリヒリする一触即発みたいな深刻な場面があったかもしれない。だけどそれから時間がたって、ある日の暮れ方に、そのタイルを自分一人で磨いている。昔はあんなにきついことがあったけど、時を経て、今は静かな気持ちになった。「きれいに磨く」という、その感触がすごくいいなと思いました。

ちばさと　二人は別れちゃったのか。俺は、なんだか悲しくなってきた。

龍哉　ちばさと、泣いちゃう（笑）。

ちばさと　いや、泣かない泣かない。大人ですから、泣きません（笑）。

真里子　この歌、独特ですよね。かつてあなたが見つめていたタイルを磨くというのは、まるでその人の視線を、もうここには残っていない視線そのものを愛おしんでるみたいで。愛おしんでるというか、懐かしんでいるというか。

むい　確かにそうですね。タイルを磨く動作が、過去と現在をつないでいる。

ちばさと　おくまほさん、味わい深い二首をどうもありがとうございました。真里ちゃん、次の歌をどうぞ。

真里子　この歌も、動作が印象的です。

ショーケースひらいて星を出すようにきみは眼鏡をそっとはずした　石川真琴

ショーケースって結構高価なものが入ってるから、開けるときに「ジャジャーン！」みたいな感じ、「今から開けますよ」みたいな晴れがましさがあると思う。そうやって、すごく素敵なものが出てくる。しかも、それが宝石とかじゃなくて「星」。そんなとんでもないものを出すように、というすごい比喩に対して、詠まれている動作は、さりげなく日常的な「眼鏡をそっとはずした」なんです。目から星が出てきそうな感じがして、ハッとします。「ショーケースひらいて星を出すように」って、星のキラキラ感もあるんですけど、仕草の丁寧さも同時に描写してるんですよね。そこがいいなと思いました。

ちばさと　ありがとうございます。真里ちゃんは眼鏡をかけること、あるんだっけ？

真里子　ありますよ。

ちばさと　なんか、今日集まってる五人★1の中で、眼鏡をかけていないのが真里ち

★1　Zoomの画面では、編集の大久保氏も含めて五人の顔が並んでいる。

やんだけだから（笑）。

真里子　そういえばそうですね（笑）。

ちばさと　じゃあ、眼鏡がとっても似合う寺井龍哉さんどうですか？

龍哉　ああ、ありがとうございます。なんか、褒められちゃって（照れる）。

ちばさと　いやいや（笑）。むかつく、そういう言い方がむかつく（笑）。俺のことを一度も褒めたことのない寺井龍哉が（笑）。

龍哉　いやいや……（笑）。今、思い出したんですけど、講談師の神田伯山［★1］は眼鏡かけて舞台に出てきて、枕をしゃべりながら眼鏡を外すんですよね。

真里子・むい　ええ〜！

ちばさと　知らなかった。自分の見せ方を演出してるね。

龍哉　そうなんです。それが、ちょっとかっこいい。そのことを、石川さんの歌から思い出しました。「ショーケースひらいて星を出すように」が、丁寧な仕草でもあるという服部さんの読み方は面白いですよね。「星」は、確かにそっと出さないといけないだろうな、と思うと、そのゴージャスさと、それを扱うときの震えるような繊細さが、この歌の中で共存しているようです。

むい　私は「星」が「きみ」の目とリンクしていく感じがしました。星のキラキラと目のキラキラがつながって増幅していくようで、素敵でした。

ちばさと　石川真琴さん、どうもありがとうございました。では、千葉の選んだ歌も

★1　神田伯山〔一九八三〜〕講談師。「神田松之丞」として活躍していたが、二〇二〇年に真打昇進、六代目「神田伯山」を襲名。

ご紹介しましょう。

全員の机にマスクが置かれていて静かな教室　給食なのに

小島涼我

コロナ★2のせいで、学校生活が制限されたときの寂しさを思い出しました。小学校の給食のときも、しゃべらないで食べるように指導されていて、「黙食」という言葉も生まれました。

真里子　最後の「給食なのに」が響きますよね。この人にとって、給食はすごく楽しくおしゃべりする場だったんだな、って。「なのに」が、本来あるべきじゃない今の、悔しさ、悲しさみたいなものを強く伝えてくれますよね。

むい　私は、コロナのときに教室にいなかったんですが、給食の時間、ものを食べる時間だから、このときだけマスクを外していた、ということですよね。

真里子・龍哉・ちばさと　（うなずく）。

むい　それってかなり異様な光景だな、と思います。疫病がはやってる世でしかあり得ない光景だから、ドキッとする歌ですね。

龍哉　僕はちょうどこの時期に高校で教えていたので、すごく覚えてるし、生活の一部になっていた光景でした。食事も、みんな一方向を向いて、黙ったままで食べる。マスクを置くなら机の右端に、というように、マスクを置く位置まで決められていて。

★2　新型コロナウイルス感染症。二〇一九年に発生し、二〇二〇年三月には、日本の学校が一斉に休校する事態に追い込まれた。

ちばさと　そうなんだよね。学校って決まりごとが多いから。
真里子　ええ〜！　そうだったんだ。
龍哉　全ての机の同じ位置にマスクが置かれている光景は、二、三年間は確かに続いていたんです。この歌を読んで、ありありと思い出しました。
ちばさと　友達のマスクに触っちゃいけないとか、マスクとマスクをくっつけちゃいけないとか、いろんな決まりがあったね。
真里子　そうか、病気がうつっちゃうかもしれないから。ああ、本当に大変な時期だったんだ……。
ちばさと　現代歌人協会では、『コロナ禍歌集』★1を二冊出したりしたけど、この疫病を通して、人と人とのつながりの大切さや、日常のかけがえなさも、短歌で発信していきたいなと、強く思いました。小島涼我さん、どうもありがとうございました。今回のスペース短歌では、「虹」や「星」のようなはるかなものから、「傘」「眼鏡」「マスク」といった身近なものまで、短歌を通じて、世界のいろいろな姿を味わうことができました。みなさんのおかげです。ありがとうございます。

「幸福」を見せてくれる歌

ちばさと　さあ、いよいよ一人一首ずつ残す感じになりましたね。むいむい、お願い

★1　現代歌人協会編の『コロナ禍歌集』は二〇二一年、『続コロナ禍歌集』は二〇二三年に刊行された。

します。

むい　私が最後にご紹介するのは、この歌です。

スイミングスクールのバス追い抜いてイルカのキャラってどうして笑顔　湯島はじめ

イルカが二回迫ってくる感じがします。バスを追い抜くときに、まずイルカのキャラを見て、そのあと、どうして笑顔なんだろうって考えている間に、信号が変わって、もう一回バスと並んだんじゃないでしょうか。

龍哉　そうかー。そういうことか！

真里子　なるほど！

むい　車を追い抜くときって、結局はまた追い抜かれるっていう気がするんです。追い抜いたスイミングスクールのバスに描いてあったイルカのキャラクターが笑顔で、そのことについて考えている。そう考えているうちに、もう一度、その笑顔が隣にやってくるっていうのが、なんかすごい……。

ちばさと　面白い（笑）。さすがイルカの専門家、むいさん。今、むいさんは、「イルカーン」というユニット★2で活躍中です。

むい　イルカーン、よろしくお願いします。

ちばさと　ぜひみなさん注目してください。カタカナで「イルカーン」。むいさんの

★2　温氏、初谷氏の短歌ユニット。X（旧Twitter）で共同制作した短歌連作を発表することをメインに活動中。

第一歌集『花は泡、そこにいたって会いたいよ』★1の一首目もイルカの歌だったもんね。

イルカがとぶイルカがおちる何も言ってないのにきみが「ん?」と振り向く 初谷むい

むい 私、めっちゃイルカが好きな人みたいですね(笑)。

ちばさと いやいや、そうでしょ? そうとしか思えない。この流れからいったら(笑)。では、龍哉くんの選んだ歌は?

龍哉 懐かしさをかきたててくれる歌を紹介します。

農協のフェンス乗り越えている我を引き摺り下ろす母親の顔 田所勉

本当に小さい頃の思い出だと思います。農協の、本当は乗り越えちゃいけないフェンスにしがみついて向こう側に行こうとしている。それをお母さんが必死に引き摺り下ろしている。なぜかこの一首には、全体がすごくスローモーションの感じと、あと無音の感じがあります。このときのことを頭の中で映画のように再生しようとすると、無音で、母親の位置と自分の体の位置と、そのときの母親の顔だけが思い出されてくる。特に母親の存在がすごくでかい感じがする。子どもをグワッと引き摺り下ろしち

★1 10ページ参照。

ゃう力強さ。でも、自分が小さかった頃の母親って、そういう感じだよな、とも思います。ちょっと面白くもあり、懐かしくもある忘れられない歌だなと思いました。

ちばさと　ありがとうございます。懐かしさがにじんでる歌ですね。ところで龍哉くん、短歌の中に懐かしさをにじませる達人と一緒にお仕事をするそうですね。

龍哉　実は今度、武蔵野大学★2に吉川宏志さん★3をお招きして、講演をしていただきます。

ちばさと　吉川さんにも、忘れられない一瞬を詠んだ歌がいっぱいあります。今日のテーマについて、いつかご意見をうかがいたいものですね。では、真里ちゃん、最後の短歌を、紹介してください。

真里子　これは、もう本当にすごい歌です。

温かいまま骨になる祖父の手をひきながら見た北斗七星

ケムニマキコ

「温かいまま骨になる」っていうのは、ひいている手に骨の存在を感じるくらいに痩せているっていう生前のイメージと、おじいさんの死が近くて、死んだあと焼かれて骨になる、その骨に火葬のときの熱がかすかに残っている、みたいな死後のイメージと、両方あると思うんです。どんなに痩せていっても生き続けていることを「温かいまま骨になる」って言っているかなって思って。なんかこのすさまじい感性に「う

★2　9ページ参照。

★3　57ページ参照。

っ」っと胸打たれて、この歌を選びました。それに、歩きながら見た「北斗七星」の、少し冷たいような感じ。やっぱり星座なんで、星と星がつながってる見えない線、骨みたいな線をイメージさせて、祖父が温かいまま骨になって星座になってしまうということも想像しました。そう考えると、星座っていうのも、肉体はないのに、どこか焼いたあとの骨のように少しわずかな何かの熱を残しているような、そんな気までしてきます。祖父と手をつないでいることも星座みたいですよね、人が星で手をつなぐと星座になる。骨になる前の自分も、実は温かい骨が身体の中でつながってるわけなんで、自分自身の中にも星座がある。そう考えると自分も、生きながらにして死の世界に半分に足を踏み入れてるようにも思えます。やっぱり「温かいまま骨になる」というフレーズに、ものすごく力がありますね。

ちばさと　深い解釈を、どうもありがとうございます。この二人は、「生きる」と「死ぬ」のちょうど境目にいるような気がします。ところで真里ちゃん、こんなふうにさまざまな解釈を促す面白い歌をたくさん詠んでいる、木下龍也さん[★1]と対談をするそうですね。

真里子　はい、そうなんです。NHK文化センター青山教室で対談をします。木下さんと対談というか、みなさんのお悩みに答えつつ、みなさんの歌について語り合います[★2]。

ちばさと　みなさん、服部真里子さん、木下龍也さんに、ぜひこれからもご注目くだ

★1　74ページ参照。

★2　とても楽しかったです。またやりたいです！（服部氏談）

さい。さて、そろそろお別れのお時間です。最後に、お三方に、今日のご感想をうかがいましょう。まずは、龍哉くん、どうぞ。

龍哉　とても楽しかったです。今回は「なぜか覚えている一瞬」というテーマでしたが、本当にいろんな一瞬があって、しかも、その一瞬の中に永遠があったり、一瞬のことを何回も思い出したりして、人と時間とのかかわりは、なんて不思議で面白いんだろう、と思いました。あとは、初谷さんの評の中で出てきた「シュレーディンガーのマグカップ」には、ハッとしました。記憶の中では、ずっとマグカップが落ち続ける。それで、結局、割れるか、割れないかはわからない。想像の世界では、すごく複雑な、無限の時間が広がってるんだということを教えていただけたスペースでした。ありがとうございました。

ちばさと　ありがとうございました。なんか、龍哉くんには、いつも助けてもらっています。言いたいことをなんでも言える相手がいてくれる幸せをかみしめています。では、むいむい、なんでもどうぞ。

むい　はい。とっても楽しかったです。今回、とても素敵なテーマでした。なんてことない時間のことをずっと覚えていて、それがいつのまにか大切な記憶になっていたり、一瞬のことを永遠のように感じたり、時間と記憶って不思議ですね。歌を通して、いろんな時間、記憶に触れることができて、充実していました。ありがとうございました。

ちばさと　ありがとうございました。こんな素敵なテーマを考えてくださった東直子さん、どうもありがとうございました。直子さんは、今すごくお忙しくて、短歌だけでなく、小説やエッセイの方面でも活躍をされています。スペース短歌は、これからも、東直子さんを全力で応援していきます。では、最後に、特別ゲストの服部真里子さん、どうぞ。

真里子　みなさん、今日は本当にありがとうございました。こういう、みなさんに短歌を投稿していただく企画のたびに思うのは、「あなたの人生の大事な一場面を、私と分かち合ってくれて本当にありがとう」ということなんです。何を思っても、短歌にしなくてもいいし、投稿しなくてもいいのに、わざわざ私と人生の大事な一場面を分かち合おうとしてくれる。それが、私には本当に奇跡みたいなことに思えて、すごくありがたくて嬉しいんです。今日このスペースで、みなさんにかかわれたことが、とても幸せです。今日は、本当にありがとうございました。

ちばさと　ありがとうございました。「幸せ」とか「嬉しい」とか、そういう気持ちは形にはなりにくいものですが、ときどき目の前に鮮やかに表れることもあります。

幸福と呼ばれるものの輪郭よ君の自転車のきれいなターン

服部真里子『行け広野へと』（本阿弥書店、二〇一四年）

人と人とのかかわりの中に短歌があって、さりげない行為の中に永遠につながるような美しさがある。そういうことを、俺は、服部真里子さんの歌から教えてもらいました。真里ちゃん、今日は本当にありがとうございました。

真里子　ああ、嬉しい！　千葉さん、ありがとうございます。

ちばさと　ぜひ真里ちゃん、これからもいろんな、こっちが思ってもみなかったような世界を、短歌にして読ませてくださいね。今日は、ずっとお話ししたいと思っていた服部真里子さんをお招きできて嬉しかったし、四人でこんなにたくさん笑ったり考えたりできて幸せでした。それから、時事通信社から『飛び跳ねる教室・リターンズ』が七月七日に刊行されます。『スペース短歌』にもつながるような一冊です。われわれのこのトークは、二〇二四年十二月に単行本『スペース短歌』として刊行予定です。また、みなさんのお知恵をいただきながら、豊かな本にしていきたいなと思っています。これからもよろしくお願いします。今日はどうもありがとうございました。次回のスペース短歌も、お楽しみに！

第4回

恋の歌、または恋を思わせる歌

配信日
2024年
7月25日（木）

百年前のあなたとわたし

ちばさと　時間となりました。スペース短歌七月「恋の歌、または恋を思わせる歌」始めます！　よろしくお願いします。実は、寺井龍哉くんには恋の歌が多いんだよね。千葉がノートに書いておいた歌を読みます。

人を待てば光あふるる秋の河　なにを忘れしゆゑのあかるさ

寺井龍哉（『詩客』より）

龍哉　これは……学生時代の歌かな。私は待ってる時間がわりと好きというか、不思議な時間だなって。

ちばさと　人とつながっているような、そうじゃないような。

龍哉　不安もあるし、楽しみでもあるし。なんか空っぽなんだけど、いろんなことが浮かんでくる時間っていう感じですよね。それを詠もうとした歌だと思います。

むい　なるほど！　確かに、人を待つ時間って、「無」なようであって「無」じゃない、不思議な明るさがありますね。

ちばさと　待つ時間が不思議っていいですね。人を想う心がどんどん増えていくような感じがします。ありがとうございます。それでは、投稿歌の紹介に移りたいと思います。

むい　私からご紹介するのはこの歌です。

わたしは荷台あなたは運転席だった百年前でも夢でもそうだった　湯島はじめ

繰り返し読むたびに頭の中にこびりつく感じがして、気になった歌でした。「わたしは荷台あなたは運転席」の捉え方としては、単純にそこに乗っているというようにも読める一方で、荷台そのもの、運転席そのものである、というようにも読めるところが面白かったです。車に関係する単語が続くことによって、どこまでも二人で行くような感じがするのも素敵でした。

ちばさと　むいむいの読みでは、人が荷台、人が運転席、物になるみたいなイメージもあるんだね。宿命的に！

龍哉　この歌は僕も選んだ歌で、「百年前」っていうのが面白いなと思いました。百年前って現代とは全然違う時代で、私は『大草原の小さな家』★1みたいな馬車のイ

★1　一九三五年に出版された、ローラ・インガルス・ワイルダー〔一八六七～一九五七〕による児童小説。

メージが浮かびました。前世でも一緒に旅をしていたような、そういう想像が広がる歌かなと思って。

ちばさと　俺はむいさんの読みが面白いなと思って。人が荷台になり替わる。東直子さんの『とりつくしま』★1みたいな感じで、ものになるのも面白いと思うし、龍哉くんの読みみたいに、自分と愛しい人とが旅をしてくっていうのもいいな。愛しい人と車に乗る歌というとこんな歌があるよ。

トレーラーに千個の南瓜と妻を積み霧に濡れつつ野をもどりきぬ

時田則雄『北方論』（雁書館、一九八二年）★2

自分は運転していて、妻が荷台に南瓜と一緒に乗ってる、というこの歌。ちなみに、「百年前でも夢でもそうだった」って、運命的な二人の結びつきってこと？

むい　そうですね。「百年前でも夢でもそうだった」。夢はそういうこともあるかもしれないけど、百年前、前世みたいなもののことを知ることはできないから、この歌ってうそなんですよね。

ちばさと　ああ、うそとか言われた……（笑）。

むい　（笑）。でも、うそをはっきりと「そうだった」って言い切るところにやっぱり夢があるっていうか、それが素敵なポイントだなって思います。

★1　筑摩書房、二〇〇七年。死んでしまった人の魂が、物にのりうつって、愛しい人を見守る連作短編集。文庫版も含めて十万部を超えるベストセラーになっている。

★2　時田則雄〔一九四六〜〕歌人。歌集に『北方論』『ポロシリ』など。

ちばさと　うんうん。ありがとうございました。

龍哉　私からはこの歌を。

揺れながら瞼を閉じて雨音を肺の奥まで吸い込んでいる　　雨

「瞼を閉じて」以下は意味がわかりやすいですよね。雨音が聞こえるくらい静かな室内で深呼吸している。「揺れながら」っていう言葉がちょっと浮いているというか、ここだけよくわからない。何が揺れてるのか……心って読んでもいい気がするし、体を揺らして踊ってるっていう感じにとってもいいかもしれないし、不安も感じるし、逆になんかわくわくしてる感じもするし、いろんな読み方ができる意味深な「揺れながら」に惹かれて取りました。

ちばさと　むいさんどうですか？

むい　雨音って、音楽を連れてくる感じがして、それと「揺れながら」っていうワードがすごく相性がいいのかな、みたいなことを考えていました。あとは、空気ではなく音を吸い込むっていう捉え方が面白かったです。

ちばさと　音を肺に吸い込むってすごいよね。俺、思ったんだけど、「雨に濡れる」とか「雨を感じる」とか、その程度はよく言うけど、この「肺の奥まで」っていう、やられ具合がすごいなと思うんだよね。「雨にやられたい」、「あなたと一緒に雨に打たれたい」みたいなことがあるかもしれないし、一人で恋の名残を感じながら歩きたい、とか、そういうときかもしれない。何か感情が揺れたときに、こういうふうに雨音を思い切り吸い込む……。ちょっといろいろ考えました。今日は「恋を思わせる」がテーマだから、こういう思わせ方もいいかなと思います。

恋愛がすべてじゃないんだぜ

ちばさと　千葉の選んだ歌いきましょうか。

「ねぇ、あのね、すべての人が恋愛を履修しなくていいと思うの。」　別木れすり

恋愛が人生のステップだとしたら、やっぱり必修なんだよみたいなことを暗にみんな求められていて、ときどきがんじがらめになることがある。恋愛に向かないような時期もあるし、もともと相手に激しい思いを求めないようなタイプの人もいるし、恋愛って人それぞれ全然違うのに、でも「恋をしよう」とか、「夏だから新たな恋を」とか求められるところがあったりして、そういうのから自由になりたいっていう、こういうタイプの恋の歌もいいかなと思って紹介しました。むいさんどうですか？

むい　気持ちや想いを、誰かと「はい」って見せ合うことってできないから、恋愛が

なんなのか★1って結局自分しかわからないし、誰かと比べるものじゃないよな……みたいな。そういう意味で「恋愛」って幻想でしかないよね、みたいなことを普段考えていて、そんなことを思い出しました。

ちばさと　本当にそうだよね。

龍哉　恋愛は、場合によってはかかわった人をすごく傷つけることもあるし、すごく幸せになることもあるので、幻想にすぎないものかもしれないのに、すごく強固に人生を縛ってしまうものですよね。そういうものだっていう。恋愛の怖さと楽しさと、その度を外れた恋愛の威力の強さみたいなのが見えてくる感じですね。カギカッコに入ってるのは、どういう場面でこれを言ったのか……相当これ、話しぶりからしても内容からしても、かなり親しい間で、ちょっと言ってみたって感じがする。なんかその感じが、居酒屋とかですごい盛り上がってるときに、隣の人にそっと言ってるみたいな、そういう感じがして、このおずおず感が面白いなと思います。

ちばさと　龍哉くん、居酒屋好きだよね。居酒屋っていうと、寺井龍哉の恋の歌で俺のノートに書いてあったのは、

君の頬あかくわが手のしろきかな二次会の話題おおかた無視す　寺井龍哉（詩客より）

っていうのがありましたね。二次会ですね、これは。居酒屋じゃないかな？

★1　三省堂の『新明解国語辞典』の「恋」の語釈が深い、と評判に。初版から最新版まで、時代に合わせて工夫が施されている。もちろん、全ての人に当てはまるという説明ではないが、ぜひご一読を。

龍哉　ええ……。もう覚えてない歌ですね。

ちばさと　いやいやいや……千葉のノートをいつか、俺が死んだあと、みなさん見てください。何千首書いてあるか。むいさんのページは二ページくらいあるよ。

むい　（笑）。

龍哉　人物別なんですね、まとめは。

ちばさと　人物別のもあるし、テーマ別のもあるしで、もうごちゃごちゃになってるからね、俺しか読めないような汚い字なんだけれど。恋っていう、すごく大きなことを今回扱っているからね、われわれも驚きながら、その大きさに打たれながら歌をどんどん紹介していきたいと思います。

むい　次の歌はこちらです。

きみがずんずん近づいていくコンビニがいもようかんみたいに明るいな　ぶん

「きみ」と一緒にいて、「きみ」がコンビニに一直線に向かって行く。そのコンビニがいもようかんのように明るく見えた、っていう歌なんですけど。「いもようかんみたいに明るいな」っていうのがすごくいいなと思って。いもようかんって、確かにコンビニみたいに四角くて、ピカピカ光ってるような感じがする……。

ちばさと　黄色がね。

むい　そうです、そうです。「いもようかんみたいに明るいな」って今まで生きてきて思ったことないから、新鮮だったっていうか。確かにいもようかん★1ってやっぱり嬉しいじゃないですか。おいしいし、なんかわくわくする感じ。コンビニを見つけて、「きみがずんずん」向かって行ったっていうだけの歌なんだけれども、その瞬間の特別さ……「きみ」がいて嬉しいな、「きみ」がコンビニを見つけて「ずんずん」行ってる、その「ずんずん」した感じが嬉しいな、コンビニも光って見えるなっていう、じんわりとした嬉しさ。何が起きてるわけでもないけど嬉しいときって、短歌にするのがすごく難しくて、だけどハマったときにすごく輝くような印象を持っていて、そういう歌だなと思ってすごく好きでした。

ちばさと　今、全国のいもようかんたちが喜んでいる（笑）。

むい　（笑）。

ちばさと　じゃあ、コンビニを見つけるとずんずん歩いて行ってしまう龍哉くん、どうですか？

龍哉　今、いもようかんを画像検索して、色合いを確かめてました。

ちばさと　いもようかん愛が高まってるね。

龍哉　夜のコンビニ★2のまぶしさと、夜のコンビニに行けば何かはあるというワクワク感もありますよね。コンビニで何もいらないってことはないだろうから、何かしらほしい物があるだろうなっていう予感みたいな。で、たぶんこの書き方だと、「き

★1　この本でいもようかんが出てくるのは二回目。初谷氏は、だんだんいもようかんのことが好きになってきている。

★2　千葉氏は、夜遅くに、渋谷のコンビニで、ある有名作家を見かけ、つい「こんばんは」と挨拶してしまったことがあるという。その方は、知り合いだと勘違いなさったらしく「どうも。最近、どうですか？」と返してくれたらしい。夜のコンビニが仕掛けてくれた魔法である。

みがずんずん」コンビニに近づいてったっていうのは、私にとってはちょっと意外だったんでしょうかね。自分は別に「ずんずん」近づいてってないので。だけど、意外だったけど、でも嫌ではないし、むしろちょっと「ああ、行こうか」みたいな、ちょっと嬉しいという。

ちばさと　嬉しいね、夜のコンビニね。

龍哉　ええ。その微妙な感じが鮮やかにまぶしく見えますね。

ちばさと　なんか、この三人で夜コンビニとか行きたいね。合宿の延長みたいにね。「そんなの買うの?」と笑い合ったりしたい。

恋で変化してゆくわたし

龍哉　どんどんいきましょう。

あなたから返事が来れば出来上がるパズルのような気がしています　　額東なつめ

これは、何がパズルのようだというのかっていうと、たぶん自分の気持ち、自分の心境だと思うんですけど、現状では何か足りないような気がしていると。そういうことって普段からありますよね。なんか忘れてる気がするなとか、なんか、今ひとつ満足できていないなとか。それはきっとあなたからの返事だろうという、そういうふうに思い至ったという瞬間の歌かなと思います。この「気がしています」っていう言い方が微妙な言い方で、完全に独り言でもなく、あなたに対してちょっと聞かせてるような感じもするんだけど、だけどこの文面を別にあなたにメールとかＬＩＮＥで送ってるわけでもないという、思わせぶりなというか、ちょっとこっちを気にしてほしいということを促してるっていうか、アピールしているような雰囲気もある。半分独り言、半分語りかけみたいな文体が面白いなと思いました。

ちばさと　これも待ってる歌なのかな。むいさんどうですか？

むい　そうですね……なんか、終わらない感じがすごいするなと思ってて。「あなたから返事が来れば」、私というパズルは完成する……ような気がするって思ってるんだけど、でも返事って一回来たくらいで満足できるもんじゃないですよね。

ちばさと　え、一回来たら嬉しいで終わらない？（笑）

むい　たぶん、またほしくなるんじゃないかな。

ちばさと　なるほど。

むい　だからこのパズルは完成することないんですよ。

ちばさと　むいさん深いぞ。恋愛を語ってどんどん深みが増していく（笑）。

むい　恋愛のやるせなさというか、むなしさみたいなものが「気がしています」から感じられるような気がして★1。

★1　こういう読み解きができる初谷むい、恐るべし！（ちばさと談）

ちばさと　じゃあ、もっともっとっていう気持ちになるっていうことをほのめかしてるのか。なかなか満足なんてできないし。

むい　どうなんですかね。もしかしたら予感みたいなものは無意識のうちにあるのかな、くらいだと思うんですけど、そういうふうにも読めるかなって。

ちばさと　ありがとうございました。じゃあ、千葉の選んだ歌いきましょうか。

表情筋全ては君のためにある　渡り廊下を揺らすスキップ　　猫背の犬

渡り廊下だから学校かなと思うし、スキップ★1で行きたいような、心が跳ねている、明るい、恋が叶ったとか誰かに認められたとか、そういう恋愛の喜びかなと思って読みました。だから嬉しい表情とか、少しツンとすましたりとか、こっちを見てほしくてわざと何かするようなその表情、全部「君」のためなんだよって言ってるような。恋の臨場感が出てる歌なのかな。スキップって言葉、いいなって思いました。

龍哉　たぶん千葉さんと私で読みがちょっと違いそうなのは、私はまだ片思いなんじゃないかなと思ったんですけど。

ちばさと　お。

龍哉　つまり、「表情筋全ては君のためにある」と私は思ってるんだけど、そういうふうにわざわざ言わないといけないくらい、「君」は私のことを見ていない、まだ。

★1　千葉氏が高校生たちに、この歌を紹介したところ、「先生、『スキップとローファー』という漫画を読むと、恋とは何かがわかって、キュンとしますよ」と言われたらしい。『スペース短歌』が無事に刊行されたら、高松美咲による、その名作漫画を読みたい、とのこと。

ちばさと　あ、ちょっと切ない感じになってきた。

龍哉　で、「渡り廊下を揺らすスキップ」も、なんか一人な感じがして。一人でちょっと気分を上げなきゃと思って、あえて……みたいな感じにもとれるかなと。

ちばさと　え、でもさ、ちょっと見てくれただけでも嬉しいとか、そういうことなんじゃないのかな。両想いとかじゃないけれど。「あ、さっき目が合った！」とか、ちょっと声かけてもらえたとか。それで一人のときにめっちゃ上がるとか駄目なのかな。

龍哉　ああ、でもそうですね。確かに、一瞬くらいは視線の交錯がないとこういう感じにはならない。

ちばさと　なんか幸せな恋の歌であってもらいたい……(笑)。

龍哉　(笑)。ちょっと切ない読みをしてしまった。

むい　寺井さんもおっしゃってたんですけど、一人な感じがしますよね。それがスパイスになってるっていうか、「表情筋全ては君のためにある」も「渡り廊下を揺らすスキップ」も、すごく明るい感じなんだけど、なんとなくひとさじのさみしい感じがあるような……。

ちばさと　俺はめっちゃ幸せな歌かと思ったけれど……。

むい　いや、でもそうかもしれないですよ。

ちばさと　でも面白いね、いろんな読みが出てきますね。

過去の恋、未来の恋

むい　次はとても美しい歌を紹介します。

アイシャドウ逢ふたび変へてまなざしの賞味期限を延ばしたかつた　朧

意味合いとしては、あなたに会うたびにアイシャドウを変えて、瞼の感じを変えることによって、私を新鮮に感じていてほしかった、みたいな感じの歌なのかなっていうふうに読んだんですけど。「まなざしの賞味期限を延ばしたかつた」っていうのがすごい切ないフレーズで、この賞味期限は、もう過ぎてしまったのかなっていう、「かつた」の過去形で、そういう感じもして。

ちばさと　そうなのか。賞味期限が延びるのか、こういうところで工夫すると。

むい　いや、そこが面白いですよね。そんなことはないっていうか、これってすごい健気じゃないですか。

ちばさと　そうか、一生懸命そうしてるんだもんね。

むい　そうそう。

龍哉　でも、この相手というか、まなざしの賞味期限を変えて訴えかけてる相手は、結構ちゃんと見てくれる人なんですよね、きっと。アイシャドウを変えたら「アイシャドウ変わったな」っていうことがわかる人。その向こう側の、相手の感じもうっすら見えてくる感じが面白いなと思いました。

ちばさと　そうか。なんか俺、アイシャドウの歌で思い出したのが、ノートに書いてある歌で、

夏蝶を捕らへしごとく指先に今朝のアイシャドー少し残りて

佐藤モニカ『夏の領域』（本阿弥書店、二〇一七年）★1

なんだけれど、アイシャドウってやっぱり時間なんじゃないかなって。指先に残ってる、少し前の朝の時間があるし、この朧さんの歌も、アイシャドウをちょっと工夫することで時間を延ばしたいと思っていた。で、アイシャドウって毎日つけるでしょう？　夜になったらまた落としてみたいに。そのアイシャドウを塗ることが時間を延ばして、自分の思いを遂げるためのパワーをくれる。なんかアイシャドウってすごく不思議だと思いながら読みました。ありがとうございました。

龍哉　続いて前半のフレーズにピンときてしまった歌です。

ドキドキはきっと「好きだ」の未来形　理想ばかりを育ててしまう

めめんと

★1　佐藤モニカ〔一九七四〜〕歌人、詩人、小説家。歌集に『夏の領域』『白亜紀の風』など。

ドキドキするっていうのは「好きだ」という感情の未来形だと。つまり、いずれ「好きだ」ということになる。今はまだドキドキしてるだけで、明確に「ああ、この人が好きだ」とかっていうのは思わないけれども、でもこれは「この人を好きになる」という確実な前触れなんだっていうことかと思います。今は別に、まだはっきりと相手のいいところが見えてたり、自分はこの人のここが好きなんだなっていうのがわからないんですけれども、でも、好きになるということはわかってる……。恋は論理的に始まるわけではなくて、なんか直感で動き始めるみたいなところがあると思うから、その感触を捉えてるのかなと。で、「未来形」っていう言い方もかっこいいフレーズで面白いと思ったんですね。ただ後半が……具体的なものが出てきたりしたほうが面白いのかなっていう感じがしました。「理想ばかりを育ててしまう」は、ドキドキ感の説明なんだけど、もう一歩飛躍してほしかった感じもしました。

むい　「ドキドキはきっと『好きだ』の未来形」は、私は意味合いとして結構取りづらくてわからなかったんですけど、今お話を伺いながら、面白いフレーズだなと思って、改めて魅力に気づかされました。

ちばさと　後半緩い？　下の句は。

むい　どうなんだろう。私だったら「ドキドキはきっと『好きだ』の未来形」と同じような内容をもう一度言って補足するかもしれない。

ちばさと・龍哉　ああ〜。

むい　上の句と下の句で、それぞれ別の歌になりそうな感じがします。なんか味が違うっていうか。

ちばさと　ああ、それはあるね。なんか少し引っかかるものがあったけれど、むいさんが今言ってくれたことが腑に落ちますね。ただ、俺が思ったのは、今好きになる、これからもっと好きになるっていう気がしてるのは、あなたのいい部分を見て自分の理想をあなたに見ているから、そういうことを少し冷静に言ってるのかなって思ったんだけれど、龍哉くんそこら辺は違う？

龍哉　ああ……なるほど、未来のことに目がいっている？

ちばさと　だから、理想ばっかりだとちょっと危ないぞってことは多少わかってるけれど、でも今は、恋が深まっていく幸せな段階にいるからっていうことなのかな。

龍哉　なるほど。ちょっと反省というか、自分を客観的に見てる感じもあるっていうことですか。それも確かにある気もします。

ちばさと　（笑）。俺、基本的にハッピーな歌★1を求めてるけれど、これは切ない香りがするぞとちょっと警戒しておりました。いろんな恋のかたちが見えてくる気がします。

じゃあ次は俺から。

クッキーを型抜くような「好き」でした　理想と君を比べたりして　　めめんと

★1　千葉氏は、短歌に限らず、小説でも映画でも、アンハッピーエンドが苦手で、大人になった今でも、ウィーダの『フランダースの犬』が許せない。千葉氏の第一歌集『微熱体』には「パトラッシュも生き返らせる　泣き虫な君に聞かせる寝物語で」という歌がある。

こちらもめめんとさんの歌です。クッキーの型抜きって嬉しいでしょ。でも同じように抜けるときもあれば、ちょっと手元が狂ったり、うまくいかなかったりするときもある。そういう一個一個が勝負みたいなところがあるよね。これはよくできた、これはいまいちだったなって一個一個思うんだよね。だからその理想と君を比べたりして、一個一個のことを確かめながら、自分の中で評価しながらやっていって、あなたと近づきたい、でも……っていう思いもあったりして、そういう、まさに恋にはまり込んでいく時期を言ってるのかな。むいさんどうですか?

むい　私は反省してる歌なのかなって読んでましたね。「クッキーを型抜くような『好き』でした」が、あんまりいい意味で使われてないんじゃないかと思ってて。自分の中の型みたいなのにギュムッと入れて相手を削ったり、足りないところを何かで勝手に埋めたりして自分好みの形に……。

ちばさと　ああ、怖いよ～★1。怖い感じになってきた。

むい　でもそれってよくなかったよな……みたいなのが、「理想と君を比べたりして」で補足される歌なのかなって思って読んでいたので、千葉さんの読みも面白かったです。

ちばさと　龍哉くんどうですか。この歌、反省の歌ですか?

龍哉　そうですね、反省寄りで僕も読んでましたが……。でも、クッキー作りに詳しくないので、クッキーの型抜きをしたときに、型通りに毎回抜けるわけじゃない、ちょっとずれちゃったりするんだっていう、その手触りは実感的にはよくわかってなか

★1　いい年をした大人がマジで「怖いよ～」などと言える。短歌をめぐって語り合うことは楽しい。

ったです。そこの解像度が高い千葉さんの読みは面白かったです。

あなたのせいで世界が変わる！

むい　次は、読んでいてドキドキした歌を紹介します。

ものすごい色の空さえ従えてあなたがなにか話そうとする　十条坂

「空を従える」っていう表現がとても面白いなっていうか、空って、領空みたいな概念はあるにせよ基本的には誰のものとかでもないはずなんだけど、あなたが空を従えていると私は思っている。で、その空は「ものすごい色」をしてるんですよね。「ものすごい色の空」をあなたが従えているって思えるのって、あなたのことをすごく特別に思っている感じがして。「あなたが特別だよ」とか「好きだよ」とかそういうことを言ってるわけじゃないのに、その感じがすごく伝わる。で、「あなたが何かを話そうとする」っていうのも、何か私にとってとても重要なことを今から言うんじゃないかっていう……。

ちばさと　お、期待だ。期待。

むい　……みたいなものを感じさせるような気もして、そこもすごくいいなと思って。

すごく好きな歌でした。

ちばさと　この歌が迫ってきましたね。龍哉くんどうですか？

龍哉　そうですね……この空、「ものすごい色の空」っていうのは、たぶん夕焼けかな。

大空の斬首ののちの静もりか没《お》ちし日輪がのこすむらさき

春日井建『未青年』（作品社、一九六〇年）★1

この歌をちょっと思い浮かべました。夕焼けの時間帯に空が真っ赤になったり、それからちょっと紫っぽくなったりする、そういうことを言ってるのかなと。で、それを背後に抱えて、ちょっと本人は逆光になってるのかな……。なので、この表情はあんまり見えないのかなとか、それでその中で、何か私に話そうとしていると。確かに重大なことが起きそうですよね。そのちょっと不穏な感じもするんだけど……。

ちばさと　え、不穏なんじゃなくてプロポーズしようとか、そういうめでたいほうにはいかないの？

龍哉　まあプロポーズでもいいんだけど、でもそこで……不穏というのはちょっと違うかもしれないけど、決定的に人生が変わるかもしれないわけじゃないですか。

ちばさと　そっか、決定的なことだね。そうなのか。この歌、「話そうとする」っていいよね。自分に向けての思いがあって、それが今から話されようとしているん

★1 春日井建（一九三八〜二〇〇四）歌人。歌集に『行け帰ることなく』『白雨』など。

でしょ。

花水木みながらあゆむ話そうとしているのかな、ほのかな風に

加藤治郎『混乱のひかり』（短歌研究社、二〇一九年）★2

俺はこの一首をちょっと思い出して、話し出すときの風情を詠んでるっていうので似てるなって思いました。だから、愛しい人が自分のために今、口を開こうとしている、決定的な何かって龍哉くんがさっき言ったけれど、それを待ってる、ドキドキしながら。不穏な感じかもしれないけれども待ってる。ありがとうございます。

龍哉　次は帰り道を思わせる歌です。

耳に手にきみの成分残ってるハミング夜道きらきらしてる

白練

「耳と手にきみの成分残ってる」ってことは、たぶんきみの声がまだちょっと反芻されるというか、耳に残っている。それから、手をつないでたのかもしれないし、わからないけど、手にも何かきみの感触みたいなものが残っている。今もう帰り道で、きみの残った成分を感じながら、ハミングをしながら夜道を歩いていて、「ハミング夜道きらきらしてる」っていうのは、自分のハミングと、それからハミングをしてい

★2 加藤治郎〔一九五九〜〕歌人。歌集に『サニー・サイド・アップ』『しんきろう』など。

る夜道とがきらきらしているということですかね。自分が歩いてる場所も、全体がなんか輝いて見えているっていう、そういう幸せな帰り道の歌かなと思います。

ちばさと　幸せな帰り道、いいですね。帰り道研究家のむいさん、どうぞ。

むい　そうですね、すごくリズム感がいい歌だなと思って。「ハミング夜道きらきらしてる」って、これだけで何かのタイトルにできそうな感じの、素敵なフレーズだなと思いました。

ちばさと　小説のタイトルになりそう。

むい　はい。あとは、「耳に手にきみの成分」という言い方から、残ってる何かできらきらしてるっていう感じがすごくするなと思ってて、「成分」っていうことによって、本当は形なんてないんだけど、歌の中で形になってくる。それがきらきらしてるっていうふうに読めてきて、そのきらきらがうそのきらきらじゃなくて実体を持った本当のきらきらに感じられるというか。それがすごくいいなと思いました。

ちばさと　この歌、「耳」でよかったよね。「髪に手に」とかだと触りやすいところだから、頭に、髪に触れてくれたっていう、特別な触れ合いになっちゃうけれど、「耳」っていうと龍哉くんが言ったみたいに、聞こえてきた、特別な言葉をくれたとかそういうことだから、そこが清潔感があっていいなと思いましたね。

龍哉　栗木さんの、夜道ゆく……。

ちばさと　この歌だね。

夜道ゆく君と手と手が触れ合ふたび我は清くも醜くもなる

栗木京子『水惑星』（雁書館、一九八四年）★1

龍哉　はい、思い出しました。いい歌ですね……。

ちばさと　夜道を詠んだ圧倒的な名歌ですね。思い出せてよかった！

恋バナのどきどき！

ちばさと　次は、ちょっと笑っちゃうような歌を紹介します。

成り行きで十五の姪の恋を聞く　慌ててメロン出してしもうた

風ノ桂馬

十五歳の姪の恋人の話を聞いて気が動転したのか、「まあ、じゃあメロンでも食え」とか言って、急いで切り分けて出した。姪に出した説でもいいし、姪が友達を連れてくるとか言って遊びに来たときに、その友達が実は恋人なんだとわかって……「あ、あ、じゃあメロンどうぞ」っていう場面かもしれない。ちょっとわからないけれど、メロンの特別感が俺の世代にはあるから、そういう、急にお客さま扱いするような、おたおたした場面かなって思いました。

★1 栗木京子（一九五四〜）歌人。歌集に『綺羅』『新しき過去』など。

むい　メロンの距離感がすごくいいなって思って、変な言い方なんですけど、たとえば赤飯とかだと最悪だ、みたいな。
龍哉　それ最悪だな。
むい　本当に最悪。だけど、メロンは結構、他人感があるというか、他人に出す感じがすごくする。
ちばさと　俺の世代的にはよくわかるよ。
むい　わかりますか。家の人に出すものというよりも、よその人に特別に出すものって感じがなんとなくして、距離感がしっかりある感じがすごくいいなって思います。
龍哉　赤飯とかだと、ご祝儀感が出て、それが最悪なんですよね。
ちばさと　嫌だよね。赤飯。
龍哉　その対比はすごくよくわかります。メロンはやっぱり、ちゃんと冷やしておかないといけないとか、切るのは結構大変だったりとかして、タイミングが結構、大事というか、ちゃんと準備して出す感じがするんですけど、それをすごく高速でやってしまったというか、十分にまだ冷えていないのに出しちゃった感じなのかなと思って。下の句も面白いですよね。
ちばさと　下の句すばらしいですね。むいむぃと龍哉くんがうちに遊びにきてくれたら、ちょうどいいタイミングでベストなメロン出しますからね。期待していてくださいね。
むい　それでは次の歌を読みますね。

恋バナでラジオ番組が進むときどこまで本気にしていいんだろう

林騎兵

意味合いとしては、ラジオ番組で恋バナをしていて、それをどこまで本気にして真に受けて、たとえば参考にしてとか、笑ってとか、私はどこまで本気にしていいんだろうという、恋愛のフィクション感を面白く切り取った歌だなと思っています。他人の恋愛の話はめちゃくちゃ面白いけど、ぜんぜん本当かわからないというか、本気にして真に受けていいのかなみたいなのを思う感じはすごくわかる気がしていて、恋ということそのもののうそっぽさみたいなことも感じたりしました。

ちばさと　恋のうそっぽさ。龍哉くん、どうですか？

龍哉　私はもっと俗っぽい読み方をしていました。ラジオ番組ってアイドルが担当することが多くて。男性アイドルでも女性アイドルでも、声優さんがやったりもするけれども、アイドルの人たちは自分の恋の話はあんまりしないけれど、でも、あくまでも一般論として、恋バナみたいなことはよく話すわけですよね。アイドルのファンの人たちはそれぞれのアイドルがどんな恋をしているのかは気になるし、アイドルは隠すし、このアイドルこんなこと言ってるけど、どこまで実体験なんだろう……みたいなことなんじゃないかと思って読んでましたけどね。

ちばさと　俺はこの人物が恋に乗り出してるから、自分と重ねてラジオを聴いてるということなのかなと思ったんだけれど。だからドキドキ感があったり。どこまで本気にしていいんだろうと自分の身に降りかかった恋愛のことを思い返しているのかな。

「待つ時間」の特別さ

龍哉　次は、待つ時間の歌を。

センテンス読んでも読んでもばらばらにほどける君を待つ間の読書　石川真琴

本を一生懸命読んでいるんだけど、その一文一文を、読んでも読んでも意味の切れ目がわからなくなっちゃうというか、これから「君」が来てくれることにドキドキしているので、集中できない、入り込めない。目が滑っちゃうみたいな感覚ですかね。とっかかりがない感じがしちゃうみたいな、そういう感覚ってあると思って。私は髪を切りにいって順番を待っているとき、こういうことになりがち。

ちばさと　恋愛と理髪店は結構、遠い気がするけれど。

龍哉　そろそろ呼ばれるなと思うと、入り込めなくなっちゃうんです。

ちばさと　そのそわそわ感が読書の邪魔をするのかな。

むい　こういうことは実際にある感じがして、読んでも一個進んで、また戻って、みたいな感じに、人を待っているときに限らず、寺井さんのおっしゃっていた美容室で順番を待っている間とか、呼ばれるのはいつだろうという気がして集中できない。その間に読書をしようとするけれど、センテンス、文ごとにばらばらになっちゃう感じがするのはすごくわかると思って面白く読みました。

ちばさと　「君」のほうが大切だから、本の言葉が入ってこないんだね。次は千葉の選んだ歌にいきたいと思います。

チョコレートファッジ握ればとけだして美味しいだけの小さな夜更け　奈瑠太

「チョコレートファッジ」はチョコレートと他のいろんなものを固めた、あめみたいなおいしいお菓子だけれど、それを握ってしまったら溶けてなくなってしまう。あなたとの関係もちょっと踏み出してしまったから、あなたに触れ合ってしまったから、もう後戻りできないんだよという。それがすごく甘美な新たな喜びをもたらしてくれたんだけれど、っていうことなのかなと、ちょっと深読みをしてしまいました。おいしいんだけれど、進んでしまったら、こういうものなのかな、と少し幻滅する。

龍哉　「おいしいだけの」が、今の千葉さんの読みを導いてきている感じがしますよね。もっとすごくいろんなことがあるんだろうと事前に想像してたけど、実際には自分の想定を下回ってしまったという。だけど、おいしいから一応、幸せではあるんですかね。恋愛的な人間関係が一つの段階を越えるという当初の目標はクリアしたんだけど、あぁ、こういう感じなのねという、それがチョコレートファッジのイメージ。

ちばさと　むいむい、チョコレートファッジの歌どうですか？

むい　「だけ」が結構、気になりますよね。ネガティブな感じがする。みなさんの読みを聞いて面白いなと思ったんですけど、自分で読むときはちょっと読み切れなくて……。

ちばさと　俺も読み過ごしていたんだけれど、なんで「だけ」なのかなと思ったときに、この歌は選ばなきゃと思ったんだよね。恋の歌という前提があるから、そんなふうな読みが出てきたのかな。

むい　確かに。

龍哉　確かに恋というテーマがないと、ちょっと読みにくい歌ですよね。逆に恋のことだと思うと、見えてくる歌ですね。

ちばさと　今回は「恋を思わせる」というテーマにもしているから、そういうところに反応して作ってくださったのかと思ったら、この歌は工夫があったりしていいとおしい歌だなと思いました。

君になりたいのは誰？

むい　フレーズが魅力的な歌を紹介します。

らんぼうにボトルに口付ける君になり損なった水を見ていた

「らんぼうにボトルに口付ける君」と「君になり損なった水を見ていた」があって、最初「君」がかぶる感じがちょっと読みづらかったんですけど、なんと言っても「君になり損なった水」というフレーズがものすごくよくて。乱暴な感じに水を飲んでいるから、水が口の端とかからたらっと垂れていて、この水は君になれなかった水なんだって思ったよという歌だと思うんですけど。

ちばさと　飲んだら水は「君」になるということか。

むい　そういうことです。飲んだら水は「君」になれるのに、「君」は飲み損ねたから、その水は「君」にはなれない。水に意志があるわけじゃないし、水が「君」を好きかどうかもわからないから、「君」になれないことがいいことか悪いことかって、ぜんぜんわからないんだけれども、ちょっと残念そうに見えるのは、この人自身が「君」になりたいんだろうなと思って。

ちばさと　そうだね。「君」への憧れがそういうところにぱっと出てるかもしれない。

龍哉　たとえばサッカーの試合中とかって、ボトルの水飲んだらぱっと投げたりするじゃないですか。その投げられたボトルの周りに飛び散っている水とかを想像していたけれど、確かに頬に流れていった水のほうが相手を凝視している感じが出て、視線が見えて面白いなと。そっちのほうが体に密着している感じで、「君」になり損ねた感がありますね。

ちばさと　内部にはいけなかったけどね。そうか。視線も感じますね。それだけ相手を見ているということなんだね。ありがとうございました。

龍哉　次の歌はこちらです。

目の端はこんなに広いか雪の日の学生街のバス停の白　土屋サヤカ

「目の端」は視界の端っこということだと思いました。自分が集中して見ている範囲よりも、目に入っている範囲はもうちょっと広くあると思うんですね。ピンポイントで集中して見てはいないけど、目に入っている範囲のことを「目の端」と言っているのかなと。そこがすごく広く感じられた。「雪の日の学生街のバス停の白」だから、雪がおそらく積もっていて、地面とかいろんなところにある雪が視界の端に広がっているということだと思いますが、これはたぶん、バス停でバスを待ちながら、自分は今、本を読んでいるか、スマホを見ているかはわからないけど、手元の何かを見ていて、だけどその目の端で、白い自分の視界の余白で、あの人が来るんじゃないかと、ずっと気になっている。「目の端はこんなに広い」のかと、期待の大きさが余白のところに感じられる、これもほのかに相手を待っている歌かなと思って。

ちばさと　期待の大きさが余白に。雪の日の研究家のむいさん、どうぞ。

むい　この人は、見ないぞってしている。見ないぞというか本当は見たい。でも、見てないぞというときはあると思って面白く読んでたんですけど。「バス停の白」はバス停が白いということですかね。

ちばさと　バス停が白く雪に覆われているのかな。でも街中のバスターミナルを思い浮かべると、バス停って元々白っぽくない？

龍哉　覆いがあるタイプのバス停で、そこが白い塗料で塗られているんですかね。バス停の白は結構、漠然と考えてました。その辺は。

むい　気になったのが、雪って白い単語じゃないですか。私だったら差し色で、赤とか青とか入れたくなるんだけど。そこはたぶん検討して、でも、白にしたかったんだろうなという気はするから、みなさん、ここに何か意味を見いだしたかしらと思って、ちょっと聞いてみたかったというところです。

ちばさと　白はこれからいろんなことが始まる象徴なのかな。バス停でこれからバスも来るし、待っている人も来るかもしれないし、今日一日が新たに動き出すということなのかも。でも、ちょっと気になるね。バス停の白。

愛と破壊は紙一重

ちばさと　じゃあ次はこの歌を。

ロシア語でどれも同じ語源を持つ凍傷・破砕・消える・愛する

高遠みかみ　辞書でちゃんと調べてないけれど、ロシア語で「愛する」という動詞が語源的には「凍傷」「破砕する」「消える」全てに通じるんだということですよね★1。だから、われわれは今日は恋の歌とかやってるけれど、その深いところにある「愛」という言葉はいろいろな攻撃性であったり、破壊性であったり、いろんなものにつながっている恐ろしさもあるよという。恋が全てじゃないんだよという歌と、恋が恐ろしいものであるんだよという歌を自分の選んだ歌の中に入れておきたくて選びました。どうですか。恋愛研究家として名をはせている龍哉くん、どうぞ。

龍哉　ロシア文学は魅力的ですよね。ちょっと暗いけど、重厚な作品が多くて。私たちが持っているロシアのイメージ、ロシアのちょっと恐ろしいけど、すごく豊かな文学的な背景がある、この世界を象徴するような事実を教えてくれるという感じがしますね。そこに愛の怖さと真実が実は眠っているみたいなのはすごく怖いけど魅力的だなと思います。

ちばさと　ありがとうございます。気候からいうと、ロシアにちょっと近いむいさん、どうですか？

むい　「凍傷・破砕・消える・愛する」と具体的なものからだんだん漠然としたものに変わっていくというか。

★1　その後この語義は作者による意図的なフィクションであることが判明。

ちばさと　大きなものになっていくよね。

むい　ふわっと広がっていく感じも読み味としてすごく心地よくていいなと思いました。

ちばさと　ありがとうございました。生徒に紹介する小説を探していて、たまたまツルゲーネフの『初恋』★2を開いたんだけど、一見愛らしい少女に思えて、実はジナイーダという女子が、すごく破壊的なキャラクターで捨て鉢だったり、大人っぽいことに踏み出そうとしていたりしてね。だから、「愛する」と「破砕」が通じ合っていることを感じました。ありがとうございました。

むい　続いてこの歌です。

弓を引くとき先輩の骨格は星座みたいに見えた　火だから　霧島あきら

「弓を引くとき先輩の骨格は星座みたいに見えた」がとても魅力的だったので選びました。弓を引く動作をするときに、先輩の骨の感じがまるで星座のようだったというのは、とても美しいのと同時になんとなく納得感のある見立てだなと思って。ここが「あなた」じゃなくて「先輩」なのもまた素敵なところで、ちょっと距離感がある感じがいいなと思いました。ただ、「火だから」がどうしても読めなくて、悔しい気持ちでいっぱいなんですよね。

ちばさと　先輩への憧れ。先輩が、うごめいている若々しさのある物体が、燃えてい

★2　ツルゲーネフ（一八一八〜一八八三）『猟人日記』『父と子』などで知られるロシアの作家。『初恋』は、美少女ジナイーダに憧れる少年を描いた中編。

るような存在に見えるとか、そういうことじゃ駄目なの？

むい　星は燃えているので、そういうことなのかなとも思うのですが、ただ星座というと途端に冷たい感じが私はするんですよね。星座のイメージと火のイメージがなんとなく合わないのかな、みたいなところで、読みを阻んでいた感じがあるんです。

龍哉　この先輩さんはすごく熱い人なんじゃないですか？

ちばさと　めっちゃざっくりしてる（笑）。

龍哉　『炎の転校生』★1みたいな。

ちばさと　『炎の転校生』あったね。

龍哉　だけど弓を引くときはすごく静かで、呼吸を整えてやるわけじゃないですか。その弓を引くときの先輩は、いつもは炎のように見えていて、熱い人だけど、静かな星座のように見えた。でも、よく考えてみたら、あの人は火だからね、星だからねと納得してるってのはどうでしょうか。

ちばさと　そうしたら、その先輩の両面性というか、二つの性質が見えるってところがいいよね。「先輩」がいいというむいむいの読みは今よくわかった。

龍哉　「先輩」はいいですよね★2。

恋の中で恋は見えるのか

★1　島本和彦氏による漫画作品。週刊少年サンデーにて、一九八三〜一九八五年に連載された。

★2　このとき寺井氏は、モーニング娘。の楽曲「好きな先輩」（作詞・作曲：つんく）を思い出していた。

龍哉　それでは次の歌にいきます。

恋の歌は金魚の歌よりむずかしい水のなかでは水は見えない　　ぽっぽ

これはちょっと複雑な歌ですけど、恋の歌を作るのは、金魚の歌を作るよりも難しい。それはどう難しいかというと、水の中で過ごしていると、水のことは見えないのと同じように難しい。この人はたぶん今まさに恋のただ中にあって、恋は何かはよくわからないんでしょう。ちょっとひねりというか言葉遊びで恋を捉えてみた発想の歌かなと思います。

むい　私もこの歌すごく印象に残っていて、金魚は水の中にいるから、水のイメージと連続していく感じもおしゃれポイントだなと思ったりしました。自分は今、恋の中にある、と明言しないからこそ引き立つ感じもありますね。

ちばさと　俺が思ったのは、金魚は水の中じゃないと生きていけないでしょ。恋をすると、その恋の気分の中にいないと生きていけないような物足りなさをいつも感じてしまう。あなたとか君の印象の中に浸っていたいからって。金魚と自分が少しつながっているのかなって。金魚はただ水さえあればいいけれど、自分はもうあなたなしではいられない、あなたがいてくれても、もっともっとあなたに優しくされたくなる。金魚が生きていくことよりも私の恋のほうが難しいんだよってことなのかな。深読みのしすぎですか。なんとなくアンデルセンの『人魚姫』★1なんかも思い出したけれど。千葉の選んだ歌が二首残ってましたね。一つは「自分」の歌、一つは「きみ」の歌ですね。二首ご紹介したいと思います。

白い服汚しちゃうけどポニーテールちょっと照れるけど　夏始まる　手毬るり

俺は高校生を教えているけれど、高校生の女子に聞くと、髪型を変えてくるときはやっぱり勇気がいるんだって。だから、ポニーテールなんかにして、似合うねとか、かわいいねって女の子たちが朝集まって話なんかしているから、いいなってこっちもほのぼのと見ているけれど、当人にとっては「清水の舞台から」と言ったら大げさかもしれないけれど、すごく大冒険だったりする。だから、ちょっと照れるけれど何かに一歩踏み出すように、あなたとの何かも始まる夏がやってくるということなのかな。

もう一首は「きみ」の歌ですね。

きみがよく歩いてる道でよく使うスーパーに行く旅をしようよ　菜々瀬ふく

さっきコンビニの歌もあったけれど、「きみ」と一緒に行く、「きみ」のなじみのある場所に。「きみ」の生活圏で今一緒に歩いている。それがいちばんの喜びだという。

★1 童話作家、詩人であるハンス・クリスチャン・アンデルセン〔一八〇五～一八七五〕による童話。人魚の哀しい恋を描いている。

「きみ」の普段いる場所に一緒に行き、君と一緒にいる人になりたいということかな。むいさん、どうですか？

むい　まずは「白い服～」の歌は「白い服汚しちゃうけど」がわからなくて「ポニーテールちょっと照れるけど夏始まる」はすごくわかる。千葉さんがおっしゃっていた、髪型を変えるときのドキドキする感じはよく伝わるんですけど、白い服汚しちゃうってなんだろうと思って。

ちばさと　白い服だとスパゲティが飛び散ったり、カレーうどんも飛び散るし、ベンチに座っても背中になんか付いちゃったりするから、白は勇気がいるんじゃないのかな。高校生女子は白いカーディガンもためらうから。白を着たいんだけれどっていうのはよく高校生が言うと思って。

むい　夏だから白い服を着て、ポニーテールにしてきたよという歌ですか？

ちばさと　じゃないのかな。

むい　なるほど。ぜんぜん読めてなかったです。そういうことか。「きみがよく～」の歌、大切な人の日常生活に触れたい、という気持ちはよくわかりますよね。この人にとって、「きみ」の生活圏を知ることは「旅」と言えるくらい大きなことなんだな、というところもよかったです。

ちばさと　普段の君って、いいよね。魅力的だよね。

龍哉　「白い服～」の歌は、

春過ぎて夏来たるらし白妙の衣干したり天の香具山

持統天皇『万葉集』

を思い出します。夏は白い服が似合う。「けど」を二回続けて、それを越えて、圧倒的に新しい季節が来るという。

ちばさと　さすが万葉研究家★1。さすが『万葉集』★2。

龍哉　「きみがよく〜」の歌については、柴崎友香★3さんの小説『きょうのできごと』が原作の映画★4で、こういう発想があって、通っていた小学校に連れて行ってほしいと女の子が彼氏にお願いするんですよね。なんで？　と聞くと、あなたのことは全部知っていたいんだ、というような場面があって、そのことをちょっと思い出しました。

むい　すみません、一首ご紹介できていなかった歌がありました。

それは井戸の底を一瞬照らす陽のようなまばゆい落とし穴でした

山田種

井戸の底から見える太陽、というとても明るい存在から始まる歌なんだけど、それは落とし穴だったという。世界が逆転する展開が見事だなと思って面白かったです。

ちばさと　恋にはまった瞬間なのかな？

むい　「あなた」という落とし穴ってことですよね。このあと幸せになっていくかはわからないというか。

★1　寺井氏は大学で『万葉集』などの日本上代文学の授業を担当している。

★2　八世紀後半に成立した日本最古の和歌集。全二十巻、約四千五百首の歌を収める。大伴家持が最終的な編纂を行ったと考えられている。

★3　柴崎友香〔一九七三〜〕小説家。『きょうのできごと』は出会い、すれ違う男女の姿を描いた連作短編集。

★4　『きょうのできごと a day on the planet』。

ちばさと　幸せになってもらいたい。

むい　なってもらいたいです。

ちばさと　この「まばゆい」に救われる気がします。ありがとうございます。今日は駆け足でしたけれど、二十三首ご紹介しました。たくさんの方がこんなに歌を寄せてくださって、とても嬉しいです。本当は全員の歌を紹介したいくらいなんですけれど。選んでいる三人が本当にたくさんエネルギーをもらっています。

　今日は大雨★5、ちょっと荒れ模様の天気で大雨の特別警報が出ているような地域がある中でした。どうか雨の被害のないようにとお祈りしています。もし、大変なことがあっても、われわれには言葉の力があります、ささえ合い、励まし合えます。何があってもみんなで乗り切っていきましょう。

龍哉　本当に明るい恋から、ちょっと暗めの恋から、恋の恐ろしさの歌もあって、恋は、全員が履修するものではないとしても、ジャンルとして非常に強いのだなと思いました。

むい　人それぞれに違った恋の歌があって、面白く読みました。それから、やっぱりこうやって三人で話すと、違う読みも出てきたりして面白かったです。

ちばさと　約束として千葉家に二人を呼んだときにはメロンを出すことと、いつか合宿をして三人で夜中コンビニに行って話をすること。いつか実現しましょう。楽しみにしています！

二〇〇四年公開。監督は行定勲氏。

★5　この日は、二〇二四年七月二四日。台風三号の影響で、全国的に大雨だった。

第5回 わたしだけが……と思ったとき

GUEST 枡野浩一

配信日 2024年8月27日(火)

孤独の嬉しさ、さみしさ

ちばさと　「スペース短歌」八月。前半はレギュラーで、後半はなんと、枡野浩一さんをお迎えします。

むい　枡野浩一さんがゲストに来ていただけるということで、お話しできるのをとても楽しみにしておりました。歌もいっぱい紹介したいと思うので、よろしくお願いします。

龍哉　私は枡野さんに多少まだびびってますけども、ええと……。楽しく話したいと思います。よろしくお願いします。

ちばさと　今日のテーマは、「わたしだけが……と思ったとき」。

むい　みんなでテーマを考えているときに、編集の大久保さんが「孤独」っていうテーマがいいんじゃないかなっていう話を最初にしてくださって。「私だけが思っているんじゃないかな」っていうことって、孤独でもありさみしくもあるけど、ちょっとした嬉しさもあるような、両面性のあるテーマかな、いいな、と思ってご提案しました。

ちばさと　さすが、むいさん。両面性を考えるって、そこが深いよね。

龍哉　自分が他の人と違うなって思うことって、ときどきありますよね。何年も前ですけど、私が高校で国語を教えていたときに、毎週テーマを決めて作文を書いてもらっていました。あるとき、「自分だけ周りの人と違うなって思ったこと」……まさに今回と同じテーマで作文書いてもらったら、一人が、「自分は子どもの頃、時間を止める能力があると思っていた」と書いてきたんです。

ちばさと　深い話だぞ。

龍哉　だけど、中学生くらいのときに、自分にはその能力がないと気がついた……という話でした。すごく面白かったので、みんなの前で発表してもらったら、聞いていた生徒のうちの数人が「私もそれ思ってた。自分も時間止められると思っていた」って言うんです。そんなふうに、自分だけだろうなと思うような、かなり突飛なことも、実は一人ではないってこと、あるかもしれません。

ちばさと　深い話だね。じゃあ今日も、たくさん歌を紹介していきましょう。

UNOをしても一人？

むい　最初の歌です。

UNOについてゆけない　みんな水棲のころにもどれとときどき想う　湯島はじめ

「UNOについてゆけない」っていうのは、全然あるあるではないというか、結構しんどそうな感じがする。UNOってもちろんカードゲームで、わかりやすく設計された……私はUNOのルール★1は全然知らないから正直あれなんですけど……わからない人でもできるように設計されているようなゲームだという印象があって。

ちばさと　めっちゃ簡単だよ。今度やろうね。四人★2でね。

むい　本当ですか。やりましょう（笑）。なんか、ギリギリの感じと、「水棲」からくる水の中の息苦しいイメージがあってますね。「UNOについてゆけない」私の側に、みんななればいいのにって思っている歌なのかなって感じたんですけど。

ちばさと　「私の側になれ」、面白いね。

龍哉　「UNOについてゆけない」ってどうなんだろう。何が、難しいんだろう。バックギャモンとかのほうが、よほど難しいんじゃないかしら。

ちばさと　ほらほら、「全部わかっている私」の視点になっちゃってるよ（笑）。

龍哉　UNOは結構、役がいろいろあるから難しいのかな。慣れている人と始めての人で、ゲームの速度感が違ったりして。盛り上がっている人とそれに乗れない人の感覚の差は、つらいことがありますよね。この歌は「水棲」がポイントですね。

ちばさと　そう！

★1　UNOは、座を囲んだ人たちが決められた順番に手札を捨てていくゲーム。トランプに似ている。修学旅行の夜に仲間内でやると、かなり盛り上がる。

★2　千葉氏は、編集の大久保氏も入れて四人と言っている。「チーム・スペース短歌」である。

龍哉　水の中だから、動きがスローなんですかね。自分と同じようにスローになってくれって思うのかな。……でも、「ときどき想う」なんだね。ちょっと不思議な表現かも。

ちばさと　ありがとうございます。こうして考えると、「ときどき想う」もいいけれど、「水棲」もいいし、まずいきなり「UNO」。なんか幕の内弁当みたいな豪華さがあるね。

龍哉　これも少し寂しい歌です。

あと一人わたしがいればいいけれどわたしは独り　父の背を拭く　　みうらしんじ

仕事とか家事で忙しくて「あと一人わたし」がいたらうまく回るのになと思う、だけど「わたしは独り」だというんですね。「父の背を拭く」は、介護をされているのかなと思いました。「独」の字を使っているのは、私は孤独だっていうことですよね。人数が一人ということと、孤独で独りぼっちだということの、二つの意味合いが感じられるところに技巧を感じます。お父さんはすごく近くにいるけど、でも「独り」なんですね。家族といても寂しいっていう、こういう感覚ってあるなと思いました。

むい　確かにこれ、最後に別の人が出てくるっていうのが、すごいポイントですね。周りに誰かがいるからこそ、より孤独を感じることもある。もっとたくさん欲しがればいいのに、「あと一人」でいいのに、っていうところは結構ギリギリな感じがしました。

ちばさと　人を求めるときって、基本的には一人を求めるんじゃないの？　恋とか友情とかもそうかもしれない。「私はいっぱい人がほしい」とか、あんまり言わないよね。「二人」っていうのは切実がさあるけど……。むいさんの説明を聞くと、二人とか、三人を求める場合があるんじゃないかって、逆の可能性も考えちゃった。

琵琶湖は「ジェネリック海」？

ちばさと　次は千葉の選んだ歌。

夏蟬は鳴いて出会って死ぬだろう私は静かにアパートを出る　サトウエリコ

夏の終わりにセミがうるさくなってきて、でも七日間★1でセミは死んでしまう。自分の人生も短いのかなとか、そういう悲しみやあきらめがちょっとある中で、最後は「静かにアパートを出る」。日常を続けていくんだ、それしかないんだっていうようなことを言っていて、短編小説みたいだなって思いました。

龍哉　「鳴いて」はもちろんわかるんだけど、この「出会って」はどんな感じですか？

ちばさと　セミ同士が「いるよー」「俺もいるよー」みたいな感じで鳴いてる。

龍哉　なるほど！（笑）。それで出会って、でも、死んでいくんだろう、というんですね。それはこの人の想像なんですね。そして下の句で、自分の現状に戻っていって、これ

★1　セミの命は「七年七日」。七年間地中にいて、地上に出てから七日間しか生きられないという。だが、実際には七年間も地中にもぐっていることはなく、地上に出てからも七日間以上生きることが多い。

から出かけていくところ、ということか。「夏蝉は鳴いて出会って死ぬだろう」のあと、ストンと自分一人の行動のところに移っていくっていうのが、夢オチのようでもあって、展開が気持ちいい歌ですね。

ちばさと　めっちゃ褒めてくれた。

むい　「鳴いて出会って死ぬだろう」っていうのが、すごいテンポがよくていいですよね。「夏蝉」のすごくうるさい感じと、「私」の静かさが対比になっていて、セミの一生のいろんなことが起こるゴージャスな感じに対して、今のところ「私」は静かにアパートを出ることしかできない。それは寂しい感じもありつつ、それはそれでなんというか、素敵なことのようにも感じられるというか……。

龍哉　「アパートを出る」わけだから、「私」もこの先いろんなことがあるんですよね、きっと。いろんな人と会ったりして。

むい　うーん。

ちばさと　そうだね。静かだけど、次につながるのかな。日常を続けるっていうよりも、そういう明るい方向にいくのかな。そう考えたら、余計いい歌に思えてきた。なんか光がさしてきましたね。……今、操作をしていますが★2、ちょっと待ってね。こうしている間に、むいむいの最近のお気に入りの食べものとかは。

むい　あはは。鯖カレーを。

ちばさと　鯖カレーなんてあるの。

★2　「スペース短歌」名物のトラブル。出演者三人をZoomでつないでいるパソコンが、スムーズに動かず、かなり焦っている。

むい　サバ缶をカレーにバンって入れるんですよ。タマネギ、トトトンって切って、炒めて、カレーを普通に作って、そこにサバ缶をドンって入れて。ミニトマトとか入れてもおいしいです。

ちばさと　さすが、水産学部だね。

龍哉　トマトとサバ缶おいしそうな組み合わせですね……。

むい　では次です。

海は好き、だけどびわ湖は好きじゃないみたいなことを言われフラれた　ケムニマキコ

「みたいなことを」以前の比喩が、わかるようなわからないような微妙なところをついていて面白いですよね。この人、主体もなんとなく納得していない感じがする。なんというか、この人はたぶん「海も琵琶湖も同じようなものだ」と心のどこかで思っている。だけど、この人が好きな人は、海は好きだけど、「ジェネリック海」★1って言ったら、琵琶湖にめっちゃ失礼ですけど……。

ちばさと　あはは（笑）、「ジェネリック海」。

むい　「ジェネリック海」である琵琶湖のようなあなたは、ちょっと違う、好きじゃない、っていうのはやっぱり面白いですね。海が好きで琵琶湖が好きじゃないことなんてあるわけないだろうと思うんですけど。

★1　新薬の特許が切れた後に製造・販売される「後発医薬品」が「ジェネリック医薬品」。従来の薬と同等の有効成分を含み、同等の効き目があると認められたものだが、価格は大幅に安くなることがある。

龍哉　これ、でも、振った人は、あんまり論理的ではないですよね？　琵琶湖は海じゃないから。

むい　うんうんうん。

龍哉　「あなたは琵琶湖だ、琵琶湖は好きじゃない」ってだけのことなんですよね。関係ない「海」を持ち出してくるのはちょっとずるいんじゃないかしら、この人。

ちばさと　「お前を彼女として見れないんだよ」みたいなこと？　なんか、もう憧れの対象、輝いていたときの姿はもう見えないんだよみたいな。

龍哉　海っぽいけど、本当は海じゃないよね、って言われちゃったわけか……。

ちばさと　悲しい！　悲しくなってきた。いいじゃん、見た目がちょっと似ていれば！

龍哉　「滋賀県は好きだけど琵琶湖は好きじゃない」だと、わかりやすすぎるかな。この歌の言ってることとは違うんだけど。

むい　ＡＫＢのあっちゃん的なあれですか★2。

龍哉　そうそうそう。相手を振るときの口実としては、そういう論理もありうるかなと思いました。

ちばさと　この「だけど好きじゃない」とかさ、峻別する、区分けをするような言い方って、歌の心に微妙に乗っていくんだよね。歌って怖いなって思いますね。

★2　二〇一一年、「第三回ＡＫＢ48選抜総選挙」で一位になった前田敦子氏が、「私のことは嫌いでも、ＡＫＢのことは嫌いにならないでください」と発言した。

億ションと映画館

龍哉　次の歌にいきましょう。

明け方に羽化する蝶が僕だけを観客とした映画みたいだ　仁尾智

明け方、夜明けに蝶が羽化する。それを一人だけで見ている。静かで満ち足りた時間ですね。平日の午前中に映画を観にいくと、スクリーンを前にして観客が自分一人だったりしますけど、贅沢でもあり寂しくもある、あの感じですよね★1。すごく小さな蝶が、だんだん明るくなってくる空をバックにゆっくりと羽化していく、それが本当に自分の目の前に大きく広がるスクリーンのように感じるっていうんですね。小さなものを見ているんだけど、そこから大きなものを想像する、その広がりがすごく見事に見えてきました。

ちばさと　さすが、映画の仕事もしている寺井龍哉くん。

むい　まさに今回のテーマ「わたしだけが……と思ったとき」にぴったりな歌ですね。とても神聖な雰囲気のある場面で、それこそ主体を含めたこの歌そのものが、何かの映画のワンシーンのようにも思えます。評する言葉があまり見つからないくらい、完璧な構成の歌だと思います。

★1　寺井氏が吉祥寺の映画館「吉祥寺プラザ」で『トップガン　マーヴェリック』を観たときはまさにこの状況だった。同館は二〇二四年一月に閉館したが、最後の上映『もののけ姫』と『君たちはどう生きるか』は大盛況だった。

龍哉　わかります。なんか言いたいことないですよね。
むい　そうなんですよね。
龍哉　それはそれで、歌の力ですよね……。
ちばさと　俺、言いたいことがある。きれいなものを、自分だけが見ているっていうことでしょ？　きれいなものと自分が結びつくって感じ。蝶が自分を観客にさせてくれているっていう、自分が求めるんじゃなくて、選ばれた感。相手がこれだけきれいでちょっと弱々しい存在が自分に向いてくれたってことをこんなに大きく受けとめている自分、っていうポーズが見えるんだよね。なんか与謝野晶子★2が詠みそうな感じ。この美については、私だけが気がついているんだよっていう。ちょっと静かな動きもあるわけでしょ。
龍哉　ああ、ドラマチックな感じ。与謝野晶子感は、ちょっとわかります★3。
ちばさと　仁尾智さん猫歌人ですしね、猫の挽歌集、この前出たばかりですけれど★4、生き物を見つめる、愛しいものを見つめる視線がとっても魅力的です。
　次の歌です。

億ションに原付の排ガス巻いて誰かの夜食運ぶ元旦　森退子

Uber Eatsか何かのアルバイトかもしれない、みんながのびのびとしているような

★2　与謝野晶子（一八七八〜一九四二）歌人、詩人。歌集に『みだれ髪』『舞姫』など。

★3　「なにとなく君に待たるるここちして出でし花野の夕月夜かな」（『みだれ髪』）などを意識していたか。

★4　『また猫と　猫の挽歌集』（雷鳥社、二〇二四年五月）が刊行されたばかり。

元旦でも働いてるんですね。運ぶ先は「億ション」で、すごく豪華な暮らしをしている人のところに、今、原付きバイクにまたがって……という場面をまず一つ想像しました。もう一つは、吉本ばななの『キッチン』に、愛しい人にカツ丼を届けたくて、急にタクシーで届けにいっちゃう場面★1があるんだよね。どうしても今、食べたおいしいものを、あの人と一緒に食べたいと思って、無茶をしちゃうというシーンなのかな。この二つ読みがあって、俺は二つ目の、恋愛読みを推しています。

龍哉　今の千葉さんの説明で、なるほどって思いました。「煙に巻く」という感じで、億ションに住んでいる富裕層の人たちを、からかっているというか、「あなた方にはわからないでしょうね」みたいな、ちょっと揶揄するような気持ちもあるのかなとも思います。年越しをして、それでなんか盛り上がって、何か注文しちゃった人たちに、孤独にバイクを使って届けにいく、その自分の仕事に誇りを持っている感じ、そこを面白く読みました。

むい　初読の印象だと皮肉っぽい感じ。なんとなくお金持ちに対する軽い悪意みたいなものを感じたというか。

ちばさと　でも、龍哉くんもむいさんも億ションに住んでるじゃん。

むい・龍哉　住んでないですよ★2。

龍哉　桁が全然、全然違いますよ。

ちばさと　本当に？　そういうちょっとした悪意っていうか、批判精神があるのかな。

★1　この場面は、小説家・吉本ばなな（一九六四～）の代表作『キッチン』（新潮文庫など）に収録されている「満月　キッチン2」に出てくる。

★2　初谷氏も寺井氏も、本当に億ションには住んでいない。

俺は恋愛読みをしてしまいました。勢いがあるところもいいですよね。

浴槽ではいかに座るべきか

むい　次の歌にいきますね。

どことなく浴槽は宇宙みたいでね、体育座りがこんなに似合う　古川柊

　最初のイメージだと浴槽には水は張ってなかったんですけど、……張っていてもいいのか。それはどちらでもよくて、体育座りをして浴槽の中にいる。そのとき、浴槽のことを宇宙のように感じたよ、という。浴槽の別世界感はすごくわかる感じがして。それこそ小さいときに、湯船にふたをして、その中に入ってみたりしてて、その頃のことを思い出しました。日常とはちょっと切り離された場所っていう感じがあって、宇宙みたいっていうのもなんとなくわかる。それから、確かに、浴槽にいるときって体育座りしがちだよなーとすごく思って。確かに、似合いますよね。

ちばさと　似合う。

むい　浴槽は宇宙みたいだっていうことも、浴槽に体育座りが似合うっていうことも、どちらもわかることなんだけど、それを組み合わせることによって、また独特の味わ

いがあって、すごくいい歌だなと思いました。

ちばさと　そうだね。足、多少のばせるけれど体育座りしちゃったりね。足が思いっきりのばせるお風呂を持っている龍哉くんどうですか?

龍哉　いや、持ってないけど(笑)[★1]。体育座りっていちばん孤独な座り方というか。寂しい座り方ですよね。あぐらはくつろいだ感じがするし、正座はちょっとあらたまった感じ。体育座りのこの寂しさっていうのが、非常に効いているなと。馬場めぐみさんの

浴槽は海に繋がっていません　だけどいちばん夜明けに近い　馬場めぐみ[★2]

ちばさと　古川さんの歌では宇宙が出てきます。スペース短歌のスペースにも引っかかってるのかなと思うと、ちょっと嬉しいです。

も思い出しました。これも、浴槽の不思議さに迫った歌ですね。

龍哉　そうですね。今度はベランダの歌。

さみしさを多頭飼いする　真夜中のベランダで共鳴させるうた　十条坂

「さみしさ」は一人に一つ抱えている、っていう感じもするけど、この人は「多頭飼い」

★1 本当に持っていない。

★2 馬場めぐみ(一九八七〜)歌人。引用の歌は第五十四回短歌研究新人賞受賞作「見つけだしたい」の一首。短歌研究新人賞は、中城ふみ子(一九五四年)や寺山修司(同)を輩出した、新進歌人の登竜門。

してるんですね。しかも「頭」だから、それなりに重量感がある動物みたいに感じられているわけですよね。それがたくさんいて、それぞれに、たぶん鳴き声を発したり、餌を求めてきたりとかする。それを、まあなんとか機嫌を取りながら、生活している。

ちばさと　大変だ。

龍哉　大変ですよ。そのいくつもの「さみしさ」が、真夜中のベランダで鳴き声をたてていて、共鳴したりする。僕はアルパカみたいな風貌を想像したんですけど、どうかな。ゾウでもいいかな。臨場感がありますね。

むい　「頭」っていう、具体的に体の部位が思い浮かぶ文字が使われることによって、「さみしさ」の存在感が増して、歌をうたうというイメージがより強固になる感じがしました。「多頭飼いする」って、ちょっと怖い感じもする表現ですよね。

ちばさと　うん。「多頭」が怖いのかな。なんか、動物をおろそかにしてしまうかもしれないっていう感覚があるよね。でも、そこを「さみしさ」って言っているところが、またすばらしいですね。今度は二人の歌です。

わかりあえなくて光った　ばらばらにひかる氷はひしめき合って　　秋瀬うに

グラスの中の氷が、少し揺れながら、固まっているわけじゃなくて、溶けかかっていて、少しばらばらになっているのかな。自分と相手の間のテーブルに氷水がある、レストランの場面かなと思ったけれど。二人がこうして今、ちょっと離れているのは、ばらばらになりかかった、溶けかかった氷みたい。でもそこに、氷が光っているように、自分の思いはまだある……っていうことかな。

龍哉　千葉さんの読みだと、「わかりあえなくて」は、私たちのことなんですね。

ちばさと　「私たち」が、ちょっと距離があきはじめてるの。でも、自分はまだ気持ちがあるから、ここに向き合っているんだけど……ってことじゃない？

龍哉　「光った」は？

ちばさと　心がともっているって意味じゃない？　あなたに対してまだ思いはあるよっていう。うーん、駄目？

龍哉　「光った」は、われわれのことなんですね。なるほど……。私たちはわかりあえない、それでも、私たちは光った、ということか。

ちばさと　うん。

龍哉　私は、「光った」のは、氷だけでもいいのかな、と思いました。あなたと私がわかりあえなくて、そのときに、氷がパッと光ったのが目に入った、みたいな。一字空けはあるんだけど、「光った」と「ばらばらに」以下がつながっているような感じ。

むい　そうですね。「わかりあえなくて光った」を補完する意味合いで、「ばらばらに」以下がある。氷がひしめき合いながらばらばらに光っているかのように、私たちもわかりあえなくて光っているっていう、そういう歌なのかなって思っていた……。

ちばさと　なんか今、逆のほうから言ってくれたけど、ちょっとすっきりした感じが。

龍哉　初谷さんの説だと、下は比喩になるんですね。

むい　私は最初、「わかりあえなくて光った」にあんまりピンとこなかったんですけど。でもこうやって読んでいくと、わかりあえないことによって光っている、っていう考え方はすごくいいなと思いました。

ちばさと　俺は「わかりあえなくて」に重心を置いたけれど、でも「光った」っていう、めでたい読み方もあるのかな。

龍哉　わかりあえないけど一緒にいる、その輝き、ということですかね。時に、この氷は、流氷みたいにとってもいいんですか。コップの中の氷じゃなくて。

ちばさと　あっ、むいさんの住んでいる北海道とかだったら流氷を見てとか、そういう壮大なものを見ながら、ということでもいいですね。でも、「ばらばらに」はどうかな。そこらへんはちょっと研究したいですね。

桝野浩一さん登場！

ちばさと　では、後半戦に入りましょうか。お聴きのみなさんは、お飲み物とかご用意くださいね。桝野浩一さんを、お招きしたいと思います。桝野さん入っていただけますか。実はわれわれ、Zoomでつながっているので、桝野さんの表情が見える。桝野さん、こんにちは。

枡野　こんばんは★1。聞こえてますか。

ちばさと　聞こえてます。よかった。第一声届きました。

龍哉　寺井です。ゆっくりお話したことはないので、本当に楽しみです。弟がいろいろとお世話になっています。

枡野　そうですね。弟さんとも、一度ごあいさつしました。事務所の大先輩です★2。

むい　初めまして、初谷むいと申します。『おやすみ短歌』では、本当にありがとうございました★3。

枡野　こちらこそです。

むい　めっちゃ緊張する。楽しみがおさまりきらない。

ちばさと　むいむいが、いつになく緊張してるー。ありがとうございます。俺の前じゃ緊張したことなかったのに（笑）。枡野さん、みなさんに近況とか、始めに言っておきたいことありますか。なんでも、どうぞ。

枡野　今、タイタンという事務所に入り、お笑いのピン芸人として挑戦中なのですが、ライブがあります★4。九月二十二日、自分の誕生日の前日なんですけど、西荻窪の今野書店という本屋さんでお笑いライブやってますので、「丑みつどき歌人裁判」というですね、四人くらいでやるライブやってますので、ぜひいらしてください。

ちばさと　二十二日。みなさんメモしてください。ぜひ、今野書店いきましょう。枡

★1　千葉氏と枡野氏、それぞれ昼の世界、夜の世界に住んでいるかのよう。

★2　枡野氏はピン芸人「歌人さん」として芸能事務所「タイタン」に所属して活動している。寺井氏の弟も芸人として同事務所に所属している。

★3　『おやすみ短歌』は枡野、Pha、佐藤文香の各氏による「安眠」をテーマにした短歌アンソロジー。実生社、二〇二三年刊行。初谷氏、千葉氏の歌も収録。

野さんのライブです、みんなで応援したいと思います。スペース短歌は枡野さんを応援します。じゃあ、枡野さんの選んだ歌を、ちょっと立て続けに何首かいきましょうか。

枡野　はい。

★4 歌人さんとしてのライブは随時あるので枡野氏のSNSなどをチェック！

傷跡は傷じゃないのに柄なのにわたしを見るとみんな痛がる

黒井いづみ

傷はもう痛くはない状態になっていて、模様みたいになってしまっているんだと思うんです。それは本当の傷なのか、なんかのたとえなのかはわかりませんが。自分にとっては柄のようなものとして、ちょっと愛でてたりするのに、みんなは「うわっ、痛そうだね」って言うことって、あると思うんですね。やけどの痕とかって、ふくらんで蚊に刺されたみたいになっている人がたまにいて、見てる側は「かゆそう、痛そう」と思うんですけど、ご本人は別に「いや、もう痛くないんだよ」っていう。もしくは、たとえば自分の人生経験の失敗みたいに見えることを、誰かが「痛そうだね」って言うけど、自分にとってはもうそんなことはちょっと誇らしいことに感じているのにっていうことなのかなって思いました。

むい　そうですね。枡野さんのおっしゃった通り、傷跡も私にとっては結構愛おしいものというか、私を傷つける怖いものじゃなく私の一部で、私を構成する部分なのになーっていう歌だと思うんですけど。「みんな痛がる」が切ないというか、そう思わないでほしいのにな、って思っている感じがして、叫びのような歌なのかなと思いました。

龍哉　「柄なのに」は、結構強い表現ですよね。

ちばさと　俺、そういう服の柄なのかなと思っちゃったけど（笑）。

龍哉　なるほど（笑）。本当に服の柄。傷は勲章だ、とか、そういう言い方はよくあると思うんだけど、「柄」ってもっと、さり気ない感じですよね。この傷はもうすっかり克服したんだなっていう感じが、よく伝わってくると思いました。

ちばさと　本当に、「わたしだけが……と思ったとき」というテーマにふさわしい歌でしたね。

誰もぬか漬けを愛していない……

ちばさと　じゃあ、枡野さんが選んだ歌を、どんどんいきましょうか。次の歌は、実は枡野さん、龍哉くん、むいむい、三人が選んでいます。

ぬか漬けのことをみんなが責めているときは黙っていることにした　森井恵

枡野　はい。自分が好きなもののことを、みんなが悪く言うときってあると思うんですよ。

ちばさと　あるある。

枡野　「ぬか漬けまずいよね、そうだよね」って、みんなが言っていて。自分は本当は、ぬか漬けが大好きだけど、黙っていることにしたっていう。ぬか漬けが歌の中心にあることがまた、かわいくていいですよね。

ちばさと　枡野さん、好きですか、ぬか漬け。

枡野　ぬか漬けは、僕は好きでも嫌いでもないですけど。あのーありますよね、自分は好きなのに、みんなが嫌いなものって。パクチーとかでもいいですけど。

ちばさと　ああ、パクチーね。

枡野　パクチーだと、ちょっとあざとすぎるというか、狙おうとしている感じになっちゃうけど。ぬか漬けがほどよかったですね。

龍哉　「黙っていることにした」っていうのが、なんというか、余白がありますよね。枡野さんは、私は実はぬか漬けが大好きだ、っていうふうに読まれていましたけど、大好きじゃなくてもいいような気がするんですよね。たとえば、実は自分がぬか漬けを作っているとか、ぬか漬けの生産者みたいな。

ちばさと　お父さんはぬか漬け会社の社長、とかね。

龍哉　みたいなみたいな。あるいは、ぬか漬けが嫌いなんだ、っていうのでもいいと思うんですよね、いっそのこと。自分は本当に、心からぬか漬けを憎んでいて、誰もその悪口についていけないだろうというような。そういう可能性もあるのかな。

枡野　嫌いすぎるときもそうですよね。みんなごときの悪口では、とても追いつかないから。とてもじゃないけど言いたくないとか、あります。

ちばさと　あはは、こんな生ぬるい悪口では言いたくない、か。なるほど。暗にぬか漬けの権利を主張しているのかもね、「ぬか漬けのこと、ばかにするなー」みたいな。俺も本当は好きじゃないけど……。むいむいどうですか。ぬか漬けが大好きなむいむいは。

むい　ふふふっ、ぬか漬けに対しては「無」なんですけど★1。

ちばさと　「無」なの。

龍哉　みんなぬか漬けに特別な気持ちはないんですね。

むい　でも確かに、ぬか漬けに対して「無」な人って割と多いと思うんですよね。そういうモチーフを持ってきていることが、この歌のすごくいいところなのかなって。それこそ枡野さんがおっしゃったみたいに、パクチーだとあざといというか、そういうシチュエーションはあるよね、って回収がされやすいんですけど、ぬか漬けとなると、一気に状況が謎になる。「みんなが責めている」っていう表現も謎だし。「ぬか漬けコノヤロー」って、ぬか漬けにまるで人格があるかのような対応をみんながしているところが面白い。それに対して自分は、一緒になって言うでもなく、擁護するでもなく、黙っていることにしたっていう。全体的にシチュエーションが謎で、その謎さ

★1　初谷氏は、ぬか漬けに対しては「無」、どちらかというとちょっと苦手だが、なぜかぬか床に対しては憧れを抱いている。

が、謎なんだけどなんかちょっとわかるような気もするっていう絶妙なラインをついてきていて、そこがものすごくいい歌でした。

枡野　これ、ここに出されているぬか漬けを作った人かもしれないですもんね。

龍哉　うん。

枡野　自分が作ったぬか漬けを、みんながよってたかって責めているけど、でも自分が作り手とは言わなかった、ということかもしれない。

ちばさと　そうか、確かに自分が作ってたとしたら言えないよね。それにしても、パクチーに対するあつかいがみんな雑でひどいよね。

枡野　パクチーだと嫌いな人が多すぎるから、読みが嫌いに傾きますよね。

ちばさと　そういうことね。うーん。じゃあ、ぬか漬けは、まだ愛されている感が高いわけだ。

枡野　はい。

ちばさと　ぬか漬けに対するこだわりが、「無」だと言った三人が選んだ歌ですからね。森井恵さん、絶妙なあんばいをありがとうございました。

「百人一首」の怪

ちばさと　枡野さんが選んでくれた歌をどんどんいきたいと思います。これ、枡野さんとむいむい、二人選んでいます。

むい　はい。

寝静まる住宅街で僕だけがよく噛んで歌舞伎揚げ食べてる

タカノリ・タカノ

これもシチュエーションが謎……謎シチュエーションにやっぱ弱くて、どうしても嬉しくなって選びたくなっちゃうんです。歩きながら歌舞伎揚げ★1食べてるのかな、でもそんなことなかなかないだろうって思いつつ。酔っぱらったりしてるのかな。私、お酒飲まないのでわからないんですけど。口さみしくなって、周りに誰もいないし、いっかって感じで歌舞伎揚げを食べるっていうのも、なんとなく想像がつく感じもして。面白いのは「よく噛んで」っていうところで、なんか、音を楽しんでますよね。静かな夜の道を歩いてるんだけれども、自分の口の中で「バリッ、バリッ、バリッ」って、どこまでも噛むみたいな。「ここにいるぞアピール」っていうか。一人の夜を謳歌しているような明るい感じの歌で、すごく好きでした。

ちばさと　寝静まる夜が似合う歌人、枡野さんどうですか。

枡野　「よく噛んで」がいいですよね。なんで、よく噛んでるんだろう。歌舞伎揚げを。

ちばさと　歌舞伎揚げ、よく噛まなきゃ食えなくない？

枡野　でも、たとえばスルメとかに比べたら、そこまで噛まない印象があるから、「よ

★1　正式名称は「歌舞伎揚」。一九六〇年発売。株式会社天乃屋による、歌舞伎の家紋入りのおいしい揚げせんべい。

く噛んで」っていうところに、なんか変なこだわりを感じるのが面白かったです。

ちばさと 確かにそう言われると、ここに確かに面白味はありそうですね。龍哉くん、どうですか。

龍哉 この歌はナンセンスさが魅力ですね。別によく噛む必要もないし、屋外だし。……あれ、屋外ですよね？

ちばさと 屋外でしょう。「住宅街」だもん。

龍哉 そうですよね。別に屋外で食べる必要もないんで、なんかテンション上がってそれやっちゃっているっていう。一瞬の高揚感みたいのが、いいなと思いました。

ちばさと 俺は、歌会とか短歌の集まりで楽しかったんだけど、その帰り道はもう一人きりでさみしくて……という場面を想像したな。「ああ遅くなっちゃった」とか思って、なんか今日は話してばかりであまり食えなかったけど、「あ、かばんの中に歌舞伎揚げあった！」とか言って、食べてる、という感じかと思ったけど。で、なんかこんな不健康な暮らしだけど、せめてよく噛んで、「健康取り戻そう計画」なのかな。駄目か？

むい うふふ。

龍哉 ふふ。

ちばさと 誰も賛成してくれない。

龍哉 よく噛むだけで不健康を相殺できるかしら。

枡野 家の中でも別にいいんじゃないですか、住宅街の中にある一室の部屋の中で、「この街で歌舞伎揚げをこんなによく噛んで食べているのは、自分だけじゃないか」って思っている瞬間かもしれないから。

ちばさと　まさに今日のテーマだね。周りが静かな住宅街だけど、っていうのは。

枡野　不思議な状況だけど、でも、案外本当に食べている人もいるかもしれませんね。本当に歌舞伎揚げを夜中に噛んで食べながら、そう思った感じの歌なんじゃないですかね。外で食べているなら、もうちょっと歩いて食べてるとかヒントがほしいですね。

ちばさと　俺、絶対外だと思っていた。

枡野　歩き食い的なことをね、なんかちょっと書いても、そっちを伝えたいならありかもしれないですね。

ちばさと　そうか、ありがとうございました。もう一首いきましょうか。

怪談を聴けば短歌の「首《しゅ》」の文字が獄門刑の単位に見える　水川怜

枡野　これはですね、夏なのもあるし、確かに短歌の「首」ってクビだから、怖い字じゃないかと思う人がいても、言われてみればそうだなって思って。「首」が獄門のときの単位に見えるとまで、具体的には思わないけど、ちょっと怖い言葉に思った、っていうのは共鳴できたんで選んでしまいました。

ちばさと　一首の「首」は、一句の「句」に比べたら、どんなに禍々しい感じがすることか。和歌の専門家に聞いてみましょうか、龍哉くん、どうですか。

龍哉　いや、専門的なことは、何も言えないんだけど。「首」がクビだと思うと、「百人一首」っていうのはすごく怖い状況に見える、っていう笑い話がありますよね。百人いるのに首は一つ、という。

ちばさと　怖いよ。百人、一人一人、首を持っているってことにも見える。

むい　うふふふ。

枡野　そうですね。「百人一首」が怪談に聞こえたっていう短歌もありそうですね。

ちばさと　探せばありそう。詠んでみようかな。

むい　当たり前に使っているから普段は全然怖いとか思わないんだけど、怖い話を聞いたあとパッて短歌のこと考えて「えっ、首ってクビじゃん」と思って怖くなった、っていうのは、この人の人間らしい、かわいい感じもしていいなと思いました。

ちばさと　ちょっと怖いことに気がついた歌。ありがとうございました。

「ちょっとした受賞」とは？　辞退できる？

ちばさと　もう一首だけ、枡野さんが選んだ歌、いっちゃいましょう。

枡野　はい。

ちょっとした受賞みたいな日々だからいつも身なりを整えている

柴田有理

「ちょっとした受賞みたいな日々」っていうのは、よくわからないんですけど、今の日々は浮かれている、いいことがあった感じだな、って思ってるんでしょうね。それで、いつでもスポットが当たってもいいように、身なりを整えているっていうことでしょうか。僕、今、自分の部屋はちょっと散らかっちゃったんですけど、ちょっと前までは、家に付いてっていいですか的なテレビ★1があるじゃないですか。

ちばさと　あるある。

枡野　あれに、いつ付いて来られてもいいように、いつも部屋をきれいに片づけていました。

ちばさと　あはは。

枡野　そういう気持ちがあるから、「わかるな、確かにね」って思った歌です。

ちばさと　ありがとうございました。テレビ関係のみなさん、ぜひ枡野さんのうちに付いていってください。

枡野　今はね、ちょっと散らかってるから……。

ちばさと　駄目なの？　でも、散らかっているときのほうが、絵としては面白いかもしれないけどね。

枡野　いやーちょっとねー。

★1「家、ついて行ってイイですか？」はテレビ東京の人気番組。さまざまな場所で出会った人の自宅を訪ねて、それぞれの人生のドラマを覗いてゆく。

ちばさと　枡野書店★2はみんな行ける場所なんでしょ？　自宅とは違うから。

枡野　でもね、今、枡野書店も散らかっちゃってるの。若者にのっとられた時期があって。

ちばさと　あっ、本当に。

枡野　自分で、どこになんの本があるかわからないくらいになっちゃってるんですけど。

ちばさと　俺、学校が休みのときに、掃除にいくよ。

枡野　いやーちょっとねー何かしようと思ってはいるんですけど。でも、枡野書店の散らかり具合は面白いから、家に付いてきたいテレビの人がきたら、そっちに案内しようかな。

ちばさと　ぜひ、みなさん枡野書店に行きましょう。龍哉くん、この歌どうですか。

龍哉　「ちょっとした受賞みたいな日々」っていうのが、ちょっと謎がありますよね、これ。どういうことなのかな。

ちばさと　これ、角川短歌賞とかじゃなくてさ、朝日歌壇★3の十人目に載りましたとか、そういうことなんじゃない。

龍哉　ああ、ビッグな賞ではなくて、ということか。

ちばさと　こんなこと言ったら朝日歌壇に怒られちゃうかな……。

枡野　たとえばさ、何かちょっといいことあった、っていうレベルじゃない？

ちばさと　「あの人と目が合った」とか？

★2　二〇一二年六月にオープンした枡野氏の仕事場。JR阿佐ヶ谷駅南口から徒歩十分ほど。

★3　68ページ参照。

枡野　そうそう。「あの人から返事が来た」とか。
ちばさと　なんか、かわいい感じがしてきた。
龍哉　うーん、なるほど。でも、「日々」ってことは、数日は続いているわけですよね。このいい状況が。
ちばさと　きたきた。きたきた。真相に近づく。
枡野　そうですね。
ちばさと　頑張れ名探偵。
枡野　ほら、若者はみんな、ある日電話がかかってきて「あなたの短歌がグランプリを取りましたよ」って言われたいじゃないですか。
ちばさと　ははは。言われたい。
枡野　それみたいな、ちょっと嬉しいことがあって、実際には受賞してないんだけども、いつ受賞の言葉を聞かれてもいいように頑張るみたいな、そんな気持ちじゃないのかな、比喩として。
ちばさと　そうなのか。予感というか、待ち望む気持ちなのか。
枡野　うん。
ちばさと　若者の気持ちはどうですか、むいさん。
むい　私は、若者ではなくなってきたことを感じている。
ちばさと　そんなこと言って！　誰よりも若いくせに。ちょーひどい。

むい　この歌、自然に取ろうとするなら、ちょっとしたパーティーだと思うんですよね。

枡野　ああ。

ちばさと　パーティーか。

むい　「ちょっとしたパーティー」って言い方はありますよね。でも、「ちょっとした受賞」って言い方はしないな、みたいなところがあって。だけど、この歌は「パーティー」だったら面白くなくて、「受賞」だからこそ、そのねじれからくる面白さがある。謎にとても誇らしげな感じがするというか。「パーティー」も、もちろん主役の人がいることが多いんだけど、自分が主役かどうかはわからない。でも「受賞」っていうと明らかに私にだけスポットライトが当たっている状態な感じがしますよね。でも「ちょっとした受賞」……謎だ（笑）。

一同　（笑）。

枡野　でも面白いから、はやりそう。「ちょっとした受賞」。

ちばさと　本当だよね。「ちょっとした受賞」。お聴きのみなさん、ぜひ流行させましょう！

むい　「賞に失礼だろ」って思いますけど（笑）。

枡野　すごいおっきな賞なのに、そういうふうに言ってみるのが、気取っていていいかもしれないですね。

むい　おしゃれですね。

ちばさと　そうだね。
枡野　「ちょっとした受賞でパーティー会場に向かっています」、みたいな。
一同　（笑）。
ちばさと　言ってみたい。めっちゃでかい、直木賞とか取ってさ、「ちょっとした受賞です」みたいな。言ってみたいね。
枡野　そうだね。みたいね。
ちばさと　俺の夢は直木賞を取って、山本周五郎みたいに受賞を辞退したい。
枡野　いやいや、そこまで欲望が深いのか。
ちばさと　駄目ですか。周五郎大好きだから★1。
龍哉　そうだった。千葉さんは周五郎ファンなんだった。
ちばさと　そうそう。
枡野　今は駄目駄目、候補の段階で打診がきちゃうから。
ちばさと　あっ、そっかー。
枡野　それで辞退したら、誰も知らないで終わっちゃうからつまらない。
ちばさと　そうなのか。なんか、今、俺の夢を枡野さんにひとことで打ちくだかれた。
枡野　時代がね。今、事前に根回しする時代になっちゃったから。
ちばさと　そっか……、そこらへんは、考えておきます。

★1　千葉氏は山本周五郎〔一九〇三～一九六七〕の大ファン。寺井氏はかつて、千葉氏に薦められた『柳橋物語』に涙した。

いくぞ！　サイとグラタン

ちばさと　じゃあ、次は、むいむいの選んだ歌をいきましょう。

むい　では。

飲みほしたアイスコーヒー鈴にして渚をゆけば君のさよなら　夜明けの象

「飲みほしたアイスコーヒー鈴にして」って表現がすごくいいな、と思いました。飲み干して、氷だけが残っている状態のコップが、カラカラカラって鳴ったっていうのを鈴に喩えてると思うんですけど。ただ、「渚をゆけば君のさよなら」は、ちょっと意味がわかりづらくて。渚を歩いてゆく中で君に言われたさよならを思い出しているみたいな感じでしょうか。

枡野　「鈴にして」っていうのは、ごめんなさい、缶が鈴みたいに鳴ってるみたいなこと？

ちばさと　グラスのアイスコーヒーだから、氷の音がカチャカチャって鳴るような。

枡野　ああ、なるほどね。ちょっと全然、そんな素敵な光景をイメージしてなかったのでスルーしちゃいました、この短歌。言われてみるとそうですね。なるほどね。

ちばさと　それで、渚を行きながら、君のさよならを聞く、みたいな。

枡野　ああ、ドラマチックすぎるかな。でも、ドラマチックだったからこそ、鈴と感じたのかもしれないですね。
ちばさと　なるほど。昨日★1、むいむいが枡野さんの歌として、「さよなら」のでてくる歌を選んでくれたんだよ。
枡野　どんなやつだったんですか。聴けてなくてごめんなさい。
ちばさと　むいさん、言えますか。昨日の歌。
むい　消しゴムの歌です、ちょっと待ってくださいね……。
ちばさと　そう、消しゴム。
むい　です。

消しゴムでこすったせいで真っ黒になってしまったようなサヨナラ
枡野浩一『歌』(雷鳥社、二〇一二年)

の話をしました。
枡野　ありがとうございます。
ちばさと　「さよなら」のドラマチック感ですね。枡野さんの歌は「消しゴム」で、この歌はアイスコーヒーのグラスの音で、物プラス「さよなら」の歌としては、響き合うところがあるのかな。
枡野　そうですね。気づかなかっただけで、気づくといい歌ですね。

★1　前日の八時から、の「スペース短歌予告編」で三人の好きな枡野氏の短歌を一首ずつ紹介した。

龍哉　僕も最初読んだとき、よく像が浮かばなくて。でも初谷さんが選んでるのを見て、「なるほどね」と思いました。「アイスコーヒー鈴にして」で、短い言葉一つで捉え方をガラッと変えるっていうところが面白いですね。僕は、グラスだとは思わなくて、プラスチックとか紙コップとかのストローを刺しているようなやつで、シャカシャカしているのかなと思ってました。氷が入っていても、鈴みたいにきれいな音は鳴らないわけですよね。割とガサガサした感じで、でもそれを「鈴にして」とあえて言ってみている、というような。虚勢を張っているような感じで読みました。

ちばさと　俺、グラスって言っちゃったけど、いろいろな物の音も楽しいかもしれません。

龍哉　次はこれです。

理不尽をぶっ飛ばそうぜ見てみろよ散弾銃のサイの放尿　　野良之コウモリ

サイが実際どういうふうに放尿するのか、私はサイに造詣が深くないので、よくわからないんですけども。

ちばさと　岡野大嗣さんに聞いてみようか。『サイレンと犀』だから★2。

龍哉　でもサイは独特な排泄の仕方をしそうな感じがしませんか、本当にイメージでしかなくて、実際にはつつましいかもしれないんだけど。それを散弾銃のように、すごくこう、まき散らしてするんじゃないかっていうのを、想像させてくれたところが

★2　岡野大嗣氏（74ページ参照）の第一歌集。書肆侃侃房、二〇一四年。

面白かったです。そういうこともあるよ、そういうこともあるから、もう好きなように生きようぜっていう、突飛なメッセージを強く受け取った歌でした。

ちばさと　へえ。ありがとうございました。枡野さんどうですか。

枡野　なるほどー。ちょっと……わかんなかったかな。でも、そうね……ちょっと穂村弘さんの「コーラで洗えフロントガラス」みたいな。

ちばさと　そうね、ありますね。

枡野　はい。

朝焼けが海からくるぞ歯で開けたコーラで洗えフロントガラス

穂村弘『シンジケート［新装版］』（講談社、二〇二一年）

ちばさと　フロントガラス、そうですね。

枡野　そういう感じの、それが放尿になった感じ。理不尽をぶっ飛ばそうぜ……そこにサイが放尿していて、そこに爽快感があったならいいですね。

ちばさと　サイのためにも幸せだった……。

枡野　それともあれなの、散弾銃のようだってことなの、サイの放尿が。

ちばさと　俺、そうだと思ったけど。

龍哉　僕もそう思いました。散弾銃のような。

枡野　サイの放尿が。

ちばさと　サイの放尿について、冷静に話し合うってすごいよね。シャーッてやってるんだよ、サイは。

むい　うふふふ。

枡野　これ、むしろ本当にサイの放尿を見たときに「あっ、あの短歌だ」って思うかもね、逆に。そのときになって、「あっ、なるほど。本当にそうだな」って思う短歌なのかも知れません。

むい　この歌、勢いがあるところが魅力的で、なんていうか「いくぞ!」って気持ちになりますよね（笑）。

ちばさと　サイが「いくぞ!」って言ってるよね。本当に。みなさんのおかげで、この歌がどんどん高まって参りました。次は千葉の選んだ歌、いってよろしいですか。

「100万人にひとりの病」かもしれずだけどそれならひとりじゃないね　紺野ちあき

俺はちっちゃな頃から、転んだりして恥ずかしいことがあると、地球上には何十億人も人がいるから、「今転んだのは俺だけじゃない、同時に五十人くらいは転んでるだろう」と思っちゃうの。この人は「100万人にひとり」だけど、100万人にひとりだったら、やっぱり地球上には五十人くらいいるな、って思えるのかなって思ったんだけれど。枡野さんどうですか。こういう考え方。

枡野　ううん。そうですね。でも、まあ……この方が本当にそういう気持ちになったんだったら、そうなのかな、でも。自分だったらすごく少ない人数の病気になっちゃったりしたら、いくら仲間がいてもつらいかもしれないから。なんだろう、そうね。

ちばさと　やっぱり、少数派になっちゃうとつらいってことがあるか。

枡野　ううん。病気は、しんどいよね。ポピュラーな病気であっても、めずらしい病気であってもね。

ちばさと　そうだよね。

枡野　この歌みたいに、もしこの方が思えたのだとしたら、いいけどね。

ちばさと　ううん。そうだね。今回はテーマが「わたしだけが……と思ったとき」だから、そこからの連想でこういう歌も出てきたのでしょう。私自身が少数派とわかってしまっても決して一人きりじゃない、ってところが救いになっているのかな。

龍哉　そうですよね。でも、この「ひとりじゃないね」は、結構ギリギリですよね。とてもとても100万人とは知り合えないだろうから、仲間を見つけるのは大変そうですよね。でも、100万人、200万人に会ったら、もう一人は仲間がいるっていうのは、ギリギリだけど、確かな希望なんでしょうね。

ちばさと　ありがとうございます。枡野さんの歌には、こんな名歌がありますね。

絶倫のバイセクシャルに変身し全人類と愛し合いたい

枡野浩一『ドレミふぁんくしょんドロップ』（実業之日本社、一九九七年）

セクシュアリティについてはいろいろ捉え方があるけれど、この歌には、本気で一人残らず愛するぞという気持ちが表れている。では枡野さんの選んだ歌を、時間がある限り。

枡野　じゃあ、こちらの歌。

わたくしをのぞき五名がグラタンを頼んでながいながいランチ会

石村まい

私だけがグラタンを頼まなかった、と。みんながグラタンを頼んで、すごく来るのが遅い、みたいな。そういうことあるな、って思って。なんでこの人はグラタン頼まなかったんだろうとか、でも五名が頼んだんだから、さっさと作ってよとか、いろんなこと思いましたね。

ちばさと　確かに。

枡野　でも、よくあるじゃないですか。「ああ、みんなと同じもの頼んでおけば早かったのかな」とか。逆に、この人自身のものが遅かったかもしれないしね。グラタンは来たのに、この人だけ、一人だけちょっと頼んじゃった違うものが来なくて、とか。そういうことの気まずさが出てきてるなーと思って。

ちばさと ああ、そうか。他の人が待ってて、自分だけ先に来ちゃって、ってこともあるかもね。

枡野 ううん。そうだね。

龍哉 これ、グラタン食べるのに時間かかってるんじゃないんですかね。冷めるの待つから。

ちばさと あっ、そういうこと?

枡野 そうかもしれないですね。

ちばさと グラタンって、冷めるの待つの?

龍哉 「五人」が猫舌かどうかで読みが分かれるかもしれないですねこれは。

ちばさと あははは。解決の糸口を、むいさんどうぞ。

むい えー。グラタンって、作るのも大変だし、食べるのも大変だし、たくさん時間を使う食べ物な感じはしますよね。時間を多め多めに取っておかないと、「グラタンいくぞ」とはならない感じがして。

ちばさと 「さあ、いくぞ。グラタンいくぞ」って感じね。

龍哉 確かに、急いでるときグラタン食べないですね。

むい そうそうそう。

ちばさと 確かに。そろそろお時間なんですけど、ごめんなさい。最後に千葉から一首いいですか。

スカイツリーあたりの空が晴れてきた、ああ、東京も笑いたいのか　わかば

これ、「東京も笑っている」って内容にすると、もう駄目な歌なんだけれど、なんか空の様子を見ていて、空を自分に近い人のように扱って、「笑いたいのか」って、ちょっとその気持ちを汲んでいるような感じがいいのかな、と思いました。「わたしだけが……と思ったとき」というテーマで、寂しい感じの歌もあるんだけれど、これはちょっと、次につながる明るい感じなのかなと思って、癒やされました。

枡野　そうですね。「笑ってる」って言っちゃうとちょっと嘘くさいけど、「笑いたいのか」だと、ちょっといいですよね。

ちばさと　うん。ありがとうございました。やっぱり「笑いたいのか」っていい言い方かな。龍哉くん、どうですか。

龍哉　スカイツリーの周りは、東京タワーとかと、ちょっと違ってすごく空が広く見えるんですよね、あのへん。

ちばさと　さすが。さすが、東京っ子。

龍哉　はは、一応。

ちばさと　生まれも育ちも東京★1。

龍哉　だから、あのあたりの大きい空の感じが見えてくる歌かなと。

ちばさと　むいむい、どうですか。

★1　寺井氏の家は、おじいさんの代から東京に住んでいる、というわけではない。

むい　そうですね、みなさんおっしゃってた通り「笑ってる」だと押しつけてる感じがあるんですけど、「笑いたいのか」って言い方だと、この人の中ではそう思ったんだな、と若干距離をとれる感じがあって、そこがいいですよね。それから、「空が晴れてきた」から「東京も笑いたいのか」を導いているのも、実は結構飛躍がある感じがして。

ちばさと　ああ、そうだよね。

むい　意外と飛躍があるのに、スッと読める。明るくていい歌だなと思いました。

共感の楽しさ

ちばさと　そろそろお時間ですね。どうもありがとうございました。本日は枡野浩一さんをゲストにお迎えしました。枡野さん、最後になんでも語ってください。どうぞ。

枡野　あのー、多めに選んじゃったんですけど。僕、物忘れが激しくて物をなくすので、ぐっときたんだけど、

失せ物はわたしを鬼にかくれんぼ　さっきなかった場所でみつかる　唯有

私が失せ物のせいで鬼になっちゃうっていう切り口が、ちょっと面白かったですね。

ちばさと　枡野さん、結構、物なくすんだよね。

枡野　そうなんですよ。あとね、僕、もう一つ選んでいたのが、すでにむいさんが選んでいた

海は好き、だけどびわ湖は好きじゃないみたいなことを言われフラれた　ケムニマキコ

やっぱり、琵琶湖は海みたいに見えるけど、海じゃない、っていうのが、やっぱりジェネリックなものだってことだと思ったんですよね。

ちばさと　そうなのか。

枡野　でも、なんだろうね……。確かに、琵琶湖と海をどう思ってるかによるし、琵琶湖だけ固有名詞で、「海」が普通の海だから、そのへんはちょっとモヤモヤするといえばモヤモヤしますね。

ちばさと　モヤモヤ……そうだね、ここらへんが。ありがとうございました。今日は「わたしだけが……と思ったとき」というテーマで、いろいろな心模様が見えてよかったと思います。龍哉くん、むいさん、枡野さんの順番で今日の最後のごあいさつをうかがいたいと思います。

龍哉　枡野さんの歌の読み方が、結構、共感ベースというか、「わかるかどうか」っていうところで判断されているように感じました。それっておそらく、枡野さんの短歌の作り方の核みたいなところにつながっているのかな、と思うんです。読者をすん

なり納得させ、共感させられるかどうかってことが、枡野さんはとても大事なんですね。楽しかったです。

ちばさと　ありがとうございました。むいむい、どうぞ。

むい　寺井さんのおっしゃったことも考えていて、枡野さんの評が、共感できるかみたいなところ……寺井さんと同じこと言ってる（笑）。

ちばさと　いいんですよ。同じことでもね、繰り返すことは大切だから。大切なことは繰り返す。

むい　はい。あはは。やっぱり読みにも、あんまり三人でやっているときには意識しなかったんですけど、作る側としてのこだわりみたいなのも、それぞれの読みにはやっぱり出てくるなーと思って、面白く聞いておりました。歌も、いろんな歌があって、意外とかぶらずに面白い歌をいっぱい選べたのが今回嬉しかったです。

ちばさと　ありがとうございました。みなさんのおかげでいろんな歌が読めましたね。で、枡野さん、『毎日のように手紙は来るけれどあなた以外の人からである　枡野浩一全短歌集』（左右社）★1が、大ベストセラーに！　九刷でしたっけ。最後のごあいさつ、枡野さん、お願いします。

枡野　今日は、お招きありがとうございました。だいぶ長い時間、ハウリングみたいなの起こしちゃって★2本当すみません。僕のスペースを、二カ所で聴いていたので、一カ所消したけど一カ所消さなかったのが原因だと思います。失礼しました。自分で

★1　左右社、二〇二三年。音楽家の小沢健二氏が帯文を書き、栞の「往復書簡」には俵万智氏が登場している、豪華な一冊。

★2　枡野氏が登場してからしばらく、四人の声がやまびこのように何度も反響する不思議な現象が続いた。

は選ばなかった短歌でも、感想を聞いてると「ああ、なるほど。いい短歌かもしれない」と思えてきちゃうのは、怖いですね。

一同　（笑）。

枡野　読みは、読者の人生に左右されると思っているので。何を経験してきたか、それこそサイの放尿を見たことがあるかとか。それで、経験がない人でも、なんかなんとなく、ぐっとくるとかいうのも大事なんだけど。でも、あとから「これがまさに、あの短歌で描かれた、サイの放尿か」と感動することが、今後の人生にあると期待してやみません。以上です。

ちばさと　ありがとうございます。みんなで、サイの放尿を見かけたら思い出しましょう。思い出すときの歌の輝き、とってもいいと思います。みなさん、長いお時間ありがとうございました。来月が、最終回になります。千葉からのお知らせとしては、枡野浩一さんが解説を書いてくださった『飛び跳ねる教室・リターンズ』★3っていう本が、時事通信社から出ています。読んでくださった方が、みんなあの解説に感動したって言ってくれてました。ぜひ、本を取って見てください。とても胸にしみる解説でした。

枡野　ちょっと、いいですか。ちばさとさんと僕、同い年★4なんですよね。

ちばさと　そうです。

枡野　その同い年で、ちょうど穂村弘さんとか、俵万智さんから六年くらい離れているのかな、年齢が。その世代間の人の、どういうふうに歌壇を見てきたかとか、短歌

★3　時事通信社より二〇二四年刊行。俵万智氏の帯文も、枡野浩一氏の解説も、一度読んだら忘れられない面白さ。そして千葉氏の本文は……（あとはぜひお読みください！）。中学校の国語教科書に採録された「卒業生最後の一人が門を出て二歩バックしてまた出ていった」が入っている。

★4　枡野氏と千葉氏は、ともに一九六八年九月生まれ。千葉氏はよく「生年月日の月まで一緒」と言っている。実は小説家の吉田修一氏も月まで同じ。

を作ってきたかみたいなことを書いて、ほとんど半分以上恨み節なんですけど、ぜひ、読んでほしいです。解説も。そして、千葉さんの本自体は、本当に感動的な、今の時代ではちょっと書くことはできないかもしれない本なので、学校生活を詞書で書いて、短歌で押し出しているっていう、すごい面白い本ですのでね、解説を読んで、そして、買ってください。

ちばさと　はい。ありがとうございました。すごく勇気づけていただきました。みなさんおやすみなさい。また来月お会いしましょう。ありがとうございました。

第6回

大きな歌

配信日

2024年

9月26日（木）

短歌を通じて、励まし合いを！

ちばさと　スペース短歌、いよいよ最終回、始まりました。スペースを開いたとたん、こんなにたくさんの方が……★1！　本当なら、お一人お一人をスピーカーとしてお招きして、お話をうかがいたい気持ちです。みなさん、ありがとうございます！

むい　いよいよ最終回。寂しいですね。なんか永遠に続くような気がしていたんですけど……。でも、ずっと続くものなんてありませんよね。スペース短歌も堂々の最終回。今日も楽しくいきたいと思います。

龍哉　月に一度のペースで、こうして集まって、楽しいことをする。楽しみのある半年でした。今日も、みなさんの歌を楽しみます！

ちばさと　お二方、どうもありがとうございます。最終回ですから、本当に、思い切り楽しく交流していきましょう。それとともに、今、考えたいことがあります。ちょっとお話しさせてください。一月に能登半島で地震がありました。今、また能登

★1　この回は最終回ということもあり、リスナーの方が最初から大勢、いつもの二倍くらい、いらしてくださった！　千葉氏は動揺し、感動している。

は、豪雨に見舞われています★2。多くの方が不安な気持ちでお過ごしのことでしょう。スペース短歌一同、能登のみなさまのご無事をお祈りしております。短歌は、本音や理想、苦しみ、憧れなど、なんでも入れられる大きな器です。今も、これからも、何かで苦しんでいらっしゃる方がいれば、みんなで、歌を通じて交流し、励まし合っていきたい。被災地を忘れることなく、支援を続けていきたい。そんな短歌の力、人の力を信じて、このスペースをお送りしていきたく思います。さっき、スペースを始める前に、三人で話していたことを、まずお伝えいたしました。

★2 九月二一日にかけて能登半島が「一〇〇年に一度」の豪雨に見舞われ、能登半島地震の被災者たちが居住する仮設住宅が浸水するなどした。死者一五名という大きな被害が出た。

こころと物をめぐって

ちばさと　今回のテーマは、「スペース」「宇宙」に通じるような「大きな歌」です。さて、どんな大きな歌が出てくるでしょうか。では、むいむい、お願いします。

むい　はい。最初は、この歌です。

美術館は巨きな日暮れ　ひとりずつ雲のかたちのこころを連れて　石村まい

いろいろな絵や彫刻を見たあとで、美術館を出たときの場面。「巨きな」がいいですね。悠々と広がる空を見ているのかも。また一字空けのあとが、とてもいい。美術館を出たあとって、一人一人、自分の中に何かがある気がするんです。絵画を見て何かを思ったり、自分の中にある感情にふと気づいたり。それを「ひとりずつ雲のかたちのこころを連れて」と詠んでいる。雲って、一つ一つ、どれも形が違います。それと同じように、私たち一人一人はみんな違っている。そのこころもみんな違っている。違っていていいんだという気づきがある。テーマ「大きな歌」にふさわしい、悠々とした心構えの歌だと感動しました。

ちばさと　あぁ（しばし絶句）。むいさんの解説、とってもいいなぁ。

むい　ありがとうございます。

ちばさと　むいむいは、美術館、好きですか？

むい　好きですよ。

ちばさと　なんか、ぼんやり見ていそう（笑）。

むい　はい。ぼんやり見ます。あんまり深いことを考えず、ひたすらぼんやり眺めるのが好きです（笑）。

ちばさと　ぼんやりするのは、至福の時ですね。では、美術に造詣の深い龍哉くん、いかがですか？

龍哉　いやぁ、あまり美術館には行かないんですよ（苦笑）。でも、今の初谷さんの解釈、とてもよかった。美術館を出たときって、誰かとわいわい盛り上がるのではなくて、誰もが一人一人になって、一人でもの思いにふけるでしょう。周囲と少し間隔をとって、みんな一人で歩いている。それが、空を流れていく、さまざまな形の雲の姿と重なっているように思えます。

ちばさと　俺は、この歌を思い出しました。

イニシャルを煙草で組み立てる夜もこころはみんなひとりのりでしょ　飯田有子★1

一人一人、心は違っている。全く同じ人、全く同じ心は、ない。有子さんの歌も、石村まいさんの歌も、こころの不思議さ、奥深さを、そっと教えてくれます。石村まいさん、どうもありがとうございました。

龍哉　次は、かなりスケールの大きな歌をご紹介します。

人類の歴史がぜんぶ入ってるUSBを失くしてしまう　もくめ

ちばさと　これは、大事故だ！

龍哉　（笑）。本当に、そうですね。このUSB★2も、きっとスマホなんかもそうですけど、物理的には小さな物体に、信じられないほど大きなデータが詰まっている。それを失くしただけで、大きな損失につながる。現代的な、とんでもなさを詠んでいる。僕もよく物を失くしてしまうタイプなので、いつも「大切なものを失くすんじゃない

★1　いいだ・ありこ〔一九六八〜〕歌人。歌集に『林檎貫通式』など。

★2　二〇二四年現在、パソコンのデータを取り出すときに、頻繁に使われているデータ記憶装置。情報技術はどんどん進化するため、数年後の読者にとっては「え？USBって何？」となるかもしれないので、ここに詳細な図も載せておく。

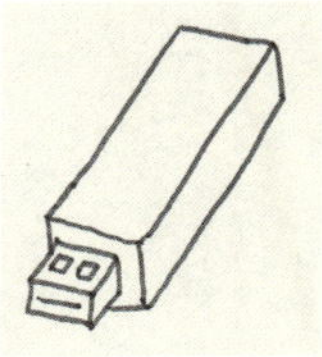

画：ちばさと

か」という危機感があります。この歌には、そんないつもつきまとう不安や危機感と、スケールの大きなことを詠んでいる爽快感とが、不思議な形で同居している。怖いけれど、どこか清々とするような感覚もあって、印象に残った一首です。

ちばさと　なるほど（うなずく）。では、やはり物を失くしそうなむいむい、いかがですか？（笑）

むい　そう見えるでしょう？　でも、意外と私、物は失くさないんですよ！（笑）

龍哉・ちばさと　おぉ！

むい　寺井さんのおっしゃっていた「爽快感」という評に、私も共感します。「失くしてしまう」の名歌というと、

おねがいねって渡されているこの鍵をわたしは失くしてしまう気がする

東直子『春原さんのリコーダー』（ちくま文庫、二〇一九年）★1

を思い出します。東さんの歌は、せつなさに寄っている。でも、もくめさんの歌は、もっとユーモラスなほうに寄っている気がする。人類の歴史全部が詰まっているUSBなんて、本当はない。本当はないから、当然、それを失くすこともない。物を失くすことって、それ自体にも不思議な爽快感があると思うんですけど、この歌では大きな作り事をしたうえでそれを失くしていることで、その爽快感が増幅される感じがあ

★1　29ページ参照。歌集のいちばん初めに載っている歌である。

りますね。面白く読ませてもらいました。

ちばさと　そうか。なるほど！　でも、いずれは、技術のレベルが飛躍的に上がって、小さなＵＳＢに全てが入るようになるかもしれないよね。そんなことを想像させてくれるのも、この歌のいいところかもしれません。もくめさん、どうもありがとうございました。こころと物。今回は、対照的な二首から始まりました。

じゃあ、二位は何だったんだろう？

ちばさと　次は、千葉が選んだ歌を。これには、びっくりさせられました。

我に住む60《六》,000《十》,000《兆》,000,000個の細胞の民意で選ばれしメロンパン　ケムニマキコ

人体を構成する細胞の一つ一つに意志があるとしたら、と考えるだけで面白いですよね。今、腹が減っている。何を食べようか。そこで、全ての細胞が議論し、多数決をとって、「食べたいもの第一位はメロンパンでした！」と決定する。だから今、それを食べているんだ、という歌。細胞一つ一つに意志があり、個性があって、きらめいている。漫画の『はたらく細胞』★2みたいで面白い。生物系の理系学生だったむいさん、この歌、どうですか？

★2　清水茜氏の漫画。人体を構成する数十兆の細胞を擬人化したストーリー。

むい　本当に面白いですね。この歌では算用数字で「60,000,000,000,000」と書かれていますよね。私だったら漢字で「六十兆」と書いてしまいそうだけど、算用数字だと「0」がたくさん並ぶし、最初の「6」にもマルがあるので、たくさんの細胞がひしめき合っている感じが出ているな、と思いました。

龍哉　六十兆というと、全人類の数よりも、はるかに多い！　自分一人の中に、それぞれ意志を持った存在がこんなにたくさんあると想像したのは、すごいですね。『トム・ソーヤーの冒険』★1の中で、トムが、学校に行きたくなくて、ベッドの中でどこか具合が悪いところがあったらいいな、と思って体中を調べてみる場面があったのを思い出しました。自分は、一つの身体におさまっていて、一つの個体だと思っているけれど、実は、その身体はさまざまなものでできあがっている。自分の中に「たくさん」がある。そういう発見の面白さがある歌です。

ちばさと　そうだね。ハッとさせられる面白さでした。

龍哉　民意で一位に選ばれたのがメロンパンだとして、二位はなんだったんだろう？

ちばさと　きっとアンパンじゃない？

龍哉・むい　えぇっ？（笑）

ちばさと　だってメロンパンって華やかさの極みにあるじゃん。その対極にある地味なキャラがアンパンやジャムパンじゃないかなぁ。

むい　もしかしたら、甘くないパンかも。

★1　マーク・トウェイン〔一八三五～一九一〇〕の小説。一八七六年に発表。わんぱく少年・トムの数々の愉快ないたずらと、一つの成功を描く。寺井氏が指摘したのは第六章の冒頭部。

龍哉　ああ、お腹減ったけど、メロンパンにしようか、それともカレーパンにしようか、みたいな。

ちばさと　でも、甘くないパンは地味だよ。カレーパンは、デカいコロッケみたいだし。メロンパンのライバルにはならないね。

むい　今、カレーパンがブームで、熱いんですよ（笑）。

ちばさと　そうなのかー。こうやって議論が盛り上がるのも、なんだかスペース短歌らしいよね（笑）。ケムニマキコさん、どうもありがとうございました。

地球 vs 星

むい　次は、ものすごくうまいと思った歌です。

地球から左右の靴をはがすたび夜のファミマが近づいてくる　山下ワードレス

地面が地球だと気づかせてくれるところが、とてもうまい。それに、地球の重力によって、足は地面に貼りついているわけだから、歩くということは「地球から左右の靴をはがす」こと。これも発見ですね。「左右の」という言い方が、きちんと歩く動作を表していて巧みです。「地球」という大きなことに始まって、「ファミマ」★2と

★2 ファミリーマートの略。二〇二四年現在、国内の三大コンビニは、セブンイレブン、ファミリーマート、ローソンだと言われている。ちなみに初谷氏の地元の北海道ではセコマ（セイコーマート）も人気である。

いう小さな生活圏内のもので終わらせる。読んでいるうちに、だんだん日常の生活へのいとおしさが生まれてくる流れもすばらしいです。

龍哉　初谷さんの言う通り、構成も見事ですね。もしかしたら、これは体がしんどい場面なのかな？　「左右の靴をはがす」というのは、足取りが重いのかもしれない。ファミマに近づいていくのに「ファミマが近づいてくる」というのは、自分よりもファミマのほうに重点を置いているように思えるし……。ファミマが意志を持って、迫ってきている。

ちばさと　そう考えると、ファミマ、大活躍だね。

龍哉　ええ。夜のコンビニの圧倒的な明るさも感じられます。

ちばさと　自分の存在を小さく、他のものを大きく描こうとしているのかな。個性的なデフォルメを施した絵画のようです。それに、この方のペンネーム「山下ワードレス」がすばらしい！

龍哉　いいですよね。訳すと「山下言葉もなし」さん。

ちばさと　もしかしたら「言葉だけじゃないんだぜ」という意志を表明しているのかもしれない。かっこいい名前ですね。山下ワードレスさん、どうもありがとうございました。

龍哉　地球の歌のあとには、星の歌を。

あたらしく発見された彗星にトム・クルーズがはりついている　白雨冬子

彗星が発見されて、その様子がテレビなどで紹介される。すごい速さで移動する彗星の画像を拡大して、よくよく見ると、そこにはトム・クルーズがしがみついていた！

むい・ちばさと　（笑）。

龍哉　映画『ミッション・インポッシブル』シリーズ五作目の『ローグ・ネイション』[★1]で、トム・クルーズが飛行機の胴体にしがみついたまま、その飛行機が離陸するというシーンがあるんです。だから、この歌を読んで「ああ、トム・クルーズはすごいな、偉いな」と感動しました。

むい・ちばさと　偉い？（笑）

龍哉　トム・クルーズは偉いんです。年齢を重ねても、体の限界に挑んでいく。その存在の永遠性を感じさせる、胸が熱くなる歌でした。

ちばさと　そういえば、龍哉くんは「短歌界のトム・クルーズ」と呼ばれているもんね（笑）。永遠の存在をめざして、ペンを持ち続けていただきたい。そして、このスペースをお聴きのトム・クルーズさん、大好きです。ありがとうございます！

龍哉　（笑）。われわれのトークが、トムに届くといいですね。ハーイ、トム。

ちばさと　では、そんなトム・クルーズを愛してやまないむいさん、どうぞ！

むい　（笑）。いや、残念ながら私、トム・クルーズには詳しくなくて……。今、寺井

★1　二〇一五年公開の映画。監督はクリストファー・マッカリー。トム・クルーズ扮するイーサン・ハントの活躍を描く。

さんのお話を聞いて「そうか、飛行機に張り付いたりする方なのね。そいつはスゲーや」という感じなんです。そんな方なら、きっと彗星にも張り付くでしょう。ニュース画像をよく見ると、彗星の表面に、小さく小さく何かが見える。それをズームしていくと、あ、トム・クルーズだ！　という驚き（笑）。

龍哉　そうそう。きっとトムは手足に力を込めて、「大」の字になって、しがみついている！（笑）

ちばさと　しかも大物ハリウッドスターらしく、鍛え抜かれたきれいな体つきなんだよね（笑）。さすがは、トム！　今回は、トム・ソーヤーもトム・クルーズも登場して、トム大活躍ですね。白雨冬子さん、どうもありがとうございました。

先生とわたし

ちばさと　地球と星のあとは、人を詠んだ歌を。

「人間が小さいので」と訂正印愛用していた恩師の背中　千々岩清

書類を訂正するときに、小さな訂正印を押してくれた恩師。どんなことにも丁寧に対応してくれた、優しい先生。その、人の器の大きさが伝わります。若いのに、すでに学生から「恩師」と呼ばれて慕われている寺井龍哉先生、いかがですか？

龍哉　いえいえ、まだまだです（笑）。今、岡野弘彦さんが、師である釈迢空のことを話したインタビュー★1を読んでいるところで、「恩師」というと岡野さんの言葉が浮かんできます。この歌は、先生が小さな訂正印を押してくれた、という歌なんでしょうけど、もしかしたら、学生が提出した書類に不備があったのを、先生が見つけて「これは私のミスでした」と言って、学生をかばってくれた場面かもしれないですよね。

ちばさと　そう考えたら、より感動的になるね。

むい　先生がご自身のことを「人間が小さいので」と言いながら、小さな訂正印を押してくれたんですよね。でも、その背中はきっと大きく見えたんでしょうね。今回のテーマは「大きな歌」ですけど、あえて小さなものを詠んで、そこから人間性の大きさを思わせる。すごい歌です。

ちばさと　さっき龍哉くんが話してくれた岡野弘彦先生は、俺の大学院生時代の恩師です。修士論文の副査をしてくださいました。國學院大學でしたから、エキセントリックな一面があった釈迢空のことを面白く語る先生もいましたが、迢空の本当の弟子である岡野先生は、決して師のエピソードを軽々しくは、お話しにならなかった。迢空が国を、文学の将来を、大いに憂えていたことを講義してくださいました。俺が大学院の後期の二年生だったとき、短歌研究新人賞★2を受賞すると、岡野先生が授賞

★1　岡野弘彦〔一九二四〜〕歌人。歌集に『冬の家族』『海のまほろば』など。『歌は世につれ情は歌につれ』（本阿弥書店、二〇二〇年）は、小島ゆかり氏による岡野氏へのインタビュー。師・釈迢空（折口信夫）への思いなどが語られている。

★2　一九九八年、第41回短歌研究新人賞。受賞作は「フライング」三十首。略歴に『「フライング」で受賞』と書くと、まだ実力が伴わないのに早めに賞だけもらったような気がしてしまうため、千葉氏はなる

式に駆けつけてくださった。「二十代でのデビューで、少し危なっかしいけれど、これから大いに頑張っていただきたい」という祝辞もくださった。そんなことを思い出しました。恩師の背中です。千々岩清さん、どうもありがとうございました。では、次の歌を、むいさん、お願いします。

むい　次は、なんだかじーんとした歌です。

わたしわたしの余地を愛する自転車でたったひとつの栗買いにゆく　湯島はじめ

「わたしの余地を愛する」が、とてもいいです。自分の中に、まだ染まっていないところ、未完成のところがあって、その可能性を信じている。それから「たったひとつの栗」もいいです。普通はわざわざ栗だけを買いにはいかない。しかも、買い物をするときに、「栗をひとつだけください」ということはないでしょう。でも、この歌では、たくさんの物がある世の中で、わたしが一つの栗を選ぶ、たった一つの栗と出会う。そういう運命的な出会いを思わせています。

龍哉　「自転車で」も面白いですね。わざわざ自転車に乗って買いにいく、その行為に重みをつけている。合理的でもない、効率的でもないことを、わたしはわざわざやるんだ、こういうことをやるのがわたしなんだ、ということですよね。

むい　今、しっくりきました。行為がわたしの証なんですね。

べく作品名を書かないようにしているそうだ。「フライング」の最初の歌は「明日消えてゆく詩のように抱き合った非常階段から夏になる」である。

ちばさと　二人の話を聞いていて、水菜の歌を思い出しました。

「水菜買いにきた」
三時間高速を飛ばしてこのへやに
みずな
かいに。

今橋愛『O脚の膝』（書肆侃侃房、二〇二一年）★1

その行為をすることに、何か切羽詰まった感じがする。小さなことをやってのけてしまう、この世にたった一人のわたし。わたしの存在感が大きくなります。湯島はじめさん、どうもありがとうございました。

空にいる「あなた」、星である「君」

龍哉　次は、ちょっと不思議な印象のある歌です。

ほとんどがあなたのようで空にいるあなたとあるく冬のあぜ道

夜明けの象

読み解くのが少し難しい気もしますが、目に映る全てが、周りの全てが「あなた」

★1 今橋愛〔一九七六〜〕歌人。歌集に『O脚の膝』『としごのおやこ』など。

を思わせるものだと捉えているのでしょう。今ここにはいない、でもこの私の上に広がる空にいてくれる、そんな大きな存在の「あなた」を意識しながら、歩いていくところでしょうか。「冬のあぜ道」だから荒涼としたイメージもあるし、広々としたイメージもある。見渡す限りの全てを「あなた」だと思う、そんな景色なのかもしれません。「あなた」は曖昧だけれども、とんでもなく大きな存在なんですね。

ちばさと　この歌では「あなた」「あるく」「あぜ道」という、「あ」から始まる言葉が続いていて、気持ちいいね。

龍哉　確かに！　大きな存在を詠んだ、こんな名歌もあります。

冬の夜の星君なりき一つをば云ふにはあらずことごとく皆

与謝野晶子『白桜集』（改造社、一九四二年）★1

やはり見守ってくれるような大きな「君」。魅力的ですね。

むい　「あぜ道」がいいですね。田んぼの中の道だから、まわりに高い建物なんてなくて、空が大きく見える。空である「あなた」とずっとつながりながら歩いていくような気にさせてくれます。

ちばさと　二人の解釈が、とても深いから、「あなた」が亡くなってしまったとか、遠くへ離れていってしまったとか、そういう悲しい歌に思えてきた。悲しみを乗り越

★1　177ページ参照。

えようとしている歌。さっき龍哉くんが言った与謝野晶子の歌は、夫である与謝野鉄幹の没後に詠まれた歌だし。空には、亡くなった人、遥かな人が浮かぶ。フワン・ラモン・ヒメネスの『プラテーロとわたし』★2は、ロバのプラテーロと過ごした日々を描いた散文詩集だけど、最後のほうでプラテーロは死んでしまって、詩人は空にいるプラテーロに呼びかけるんだ。詩歌によって、人は、今ここにいない人を呼びよせているような気がする。

龍哉　晶子さん、まじでいい歌をありがとうございます。

ちばさと　ヒメネスさん、夜明けの象さん、どうもありがとうございました。

大きな宇宙、大きな「きみ」

ちばさと　次は、スペース短歌らしく、大きな宇宙の歌を。

わたくしとう宇宙から見るわたくしが創りし星の浮かぶテーブル　小仲翠太

勝手な思い込みなのかもしれないけれど、これはメタな構造の歌だと思う。人類のいる地球が浮かぶ、この宇宙。でも、その宇宙を全部包み込んでいる、別次元の、もっと大きな宇宙があるかもしれない。この歌では「わたくし」も一つの宇宙。そして、

★2　フワン・ラモン・ヒメネス〔一八八一～一九五八〕。一九五六年にノーベル文学賞を受賞。

「わたくし」がつくったテーブルも、星を浮かべる一つの宇宙なんだ。きっとテーブルの中の宇宙も、もっと小さな宇宙を内包しているかもしれない。

むい　構造が少し難しいですね。「わたくし」は一つの宇宙で、「わたくし」がつくったテーブルも宇宙。

ちばさと　歌の中で詠まれているのは、「わたくし」がテーブルをつくった、ただそれだけ。一つの宇宙である「わたくし」がつくったものであれば、なんでも宇宙になってしまうのかもしれないね。

龍哉　千葉さんの解釈でいうと、いろいろな次元の宇宙があるということなんですね。大きな宇宙は、その中にある小さな宇宙に影響を及ぼしたりできるんだ。そういうことを想像すると、酔っぱらってくる（笑）。もっと大きな、もっと小さな別次元を想像すると、宇宙酔いのような状態になりますね。

ちばさと　確かに！　アンデルセンに『水のしずく』★1という童話があって、ある老人が顕微鏡で、一滴の水を見ると、その中に一つの世界があって、無数の小さな生物がガヤガヤ集まって、争ったりしている。そういうことなのかもしれない。俺のいる、この宇宙も、誰かが手ですくった水の一滴なのかも。こういう読み解きは、もしかしたら小仲翠太さんが意図したものではないかもしれないけれど……。小仲翠太さん、『スペース短歌』の本ができあがりましたら、ぜひ、この歌について語り合いましょう。どうもありがとうございました。

★1　164ページ参照。

むい　次は、「きみ」という大きな世界を詠んだ歌です。

風がきて壁がつぎつぎ吹き飛んできみは振り向くだけで世界だ　奈瑠太

ちばさと　むいむい、今の朗読、かっこよかった★2！

むい　本当ですか？（笑）。ありがとうございます。なんか、「きみは振り向くだけで世界だ」のところ、気合を入れて読み上げたくなります。完成された、いいフレーズですね。この歌では、「きみ」が振り向いたことで風が来たような気にさせられます。「壁がつぎつぎ吹き飛んで」には、ものすごく勢いがあります。「きみ」がいることで視界が開けていくような、「きみ」への憧れがかきたてられるような、そんなイメージ。「きみ」への思いがどんどん湧いてくるような歌で、とてもよかったです。

龍哉　初谷さんの読み、面白いなぁ。「きみ」が振り向くという小さな動きが、大きな世界を変えていく。「きみ」は、じっとしていれば別に何もないのに、ほんの小さなアクションを起こしただけで世界を一変させてしまうような大きな存在なんですね。障壁やバリヤーなんかも、「きみ」はどんどん破ってしまう。希望をもたらしてくれる、圧倒的な大人物。それが「きみ」なんでしょう。

ちばさと　俺は、青春ドラマのように読み解いてしまった。龍哉くんから反論されそうな、ラブ読みですが……。「きみ」のことが好きで、いつも見てしまう。だから、「き

★2　「きて」「つぎつぎ」「飛んで」「だけで」「世界だ」で韻を強調する朗読に、一同強く感銘を受けているシーンである。

み」がちょっと振り向いてくれただけで、自分の世界は全く変わってしまうんだ、という解釈。

龍哉　そういうふうに「振り向く」という行為にドキッとさせられるという意味を見いだすことも可能だと思います。

むい　私は「振り向く」に必要以上の意味は持たせずに読みました。本当に首を後ろに回すという動作だと思ってて。でも、「きみ」の存在感の大きさは、どんな解釈においても変わらないだろうと思います。

ちばさと　宇宙も大きい、世界をつくりだす「きみ」も大きい。奈瑠太さん、どうもありがとうございました。

異世界と渋谷

龍哉　次に紹介するのは、こんな歌です。

路地を迷い迷った先に今までに見たことがない大きさの犬　タカノリ・タカノ

むい　ふふふ（笑）。

ちばさと　この歌、真面目に朗読するだけで、笑えるね。面白い！

龍哉　道に迷って、もうどこにいるのかもわからない。不安な状況ですよね。もしかしたら現実世界から離れた異世界に来てしまったんじゃないかと思ったときに、今まで見たこともないほどデカい、象じゃないかと思われるほどの大きな犬が！　ああ、本当に日常を離れてしまったんだな、と思える、犬との出会いですね。

ちばさと　まるで『ガリバー旅行記』★1みたいだね。むいさん、この歌、どうですか？

むい　……（しばし無言）、いやぁ、これ、ピンチですよね。

龍哉・ちばさと　（笑）。

むい　「迷い迷った」だけでも、かなりマズい状況でしょう。それだけでなく、「見たことがない大きさの犬」が現れたって、これは、まず、犬じゃないだろう！

ちばさと　（爆笑）。

龍哉　いやぁ、「見たことがない」ですからね。犬だとは限らない。

ちばさと　辛うじて犬を思わせるような、匂いとか、毛並みとか、ハァハァ言ってるとか、そういう特徴があるんじゃ……（笑）。だから、わからないながらも「これは犬だぞ」と思い込むことで、自分自身を安心させようとしているのかも。タカノリ・タカノさん、どうもありがとうございました。次は異世界ではなく、俺の大好きな渋谷を詠んだ歌を。

コピペして宇宙を増やすなら渋谷スクランブル交差点が速い　　白雨冬子

★1　ジョナサン・スウィフト〔一六六七～一七四五〕による小説。一七二六年刊。第一部で、主人公ガリバーは小人国に行き、巨人扱いされるが、第二部では巨人の国へ行き、小人扱いされる。

パソコンで何でも簡単にできる世の中だから、みんなコピペ★1して書類などを作るでしょう。それと同じように「宇宙を増やす」という。大きなものが簡単に増やせるという、そのアンバランスさが面白いです。流行の最先端は渋谷から生まれるから、渋谷へ行けば、宇宙を増やすことも手早く簡単にできるよ、と軽やかにうたっています。國學院大學の大学院に六年間も通っていたから、渋谷は大好きなんだ！　新宿や池袋は、なかなか慣れなくて怖いけど……（笑）。

むい　私は、この歌の「速い」をどう捉えるかがちょっと難しいと思いました。コピペをするときって、大きなデータほどペーストに時間がかかったりするでしょう。だから、渋谷スクランブル交差点に行けば、人がいっぱいいて混んでいて、いつでも同じような光景が見えるから、ペーストするにも……。話していて混乱してきました。

ちばさと　なんか俺も、自分の読みがぐらついてきた。こういうときは、きっと龍哉くんが助けてくれるよ！（笑）

龍哉　千葉さんの読みはよくわかったし、むいさんが言おうとしていたように、渋谷の光景が読解のヒントになりそうだというのもわかる。いずれにしても、この歌はSFの世界として読み解かないといけないですね。コピペして宇宙の総量を増やそうとするのなら、渋谷には人がいっぱいいるから、その渋谷のいちばんにぎわっているスクランブル交差点をコピーしたほうがいい。一気にたくさんの人や物がコピーできる。そこをコピーして、静かな場所にペーストすれば、どんどん宇宙の総量は増えていく。

★1　コピー・アンド・ペースト。パソコンなどで行う。先行データをうまく加工して新しいものを作る方法。

そういう解釈もあるんじゃないかな？

むい　なるほど、そうか！

ちばさと　おお（感嘆）。さすが龍哉くん。すっきりしてきました。

龍哉　この歌だと「渋谷」が効いていますね。渋谷の特徴がよく表れている。

ちばさと　あれ？　池袋派の寺井青年が、渋谷に寄ってきた。いつも「池袋は俺の庭だ」と言っているのに（笑）。

龍哉　ええ、池袋がいちばん慣れてますけれど、この歌の渋谷はいいなぁ。

ちばさと　じゃ、今度、むいさんが来たときに、二人でむいさんを渋谷にお連れしよう！　にぎやかな街で、おいしいもの★1を食べようね。

むい　はい、ぜひ（笑）。

ちばさと　白雨冬子さん、いつか、この歌のSF的な世界についてお話を聞かせてくださいね。ありがとうございました。

動物を通して見えてくるもの

むい　次は、そのSF世界にも通じる、未来の歌を。

鳥っぽい人っていうか人っぽい鳥なんですね、二十五世紀は　ケムニマキコ

★1 渋谷には、パスタの老舗「壁の穴」、寺山修司の通った台湾料理の「麗郷」、斎藤茂吉が愛した鰻の「花菱」などの名店がある。

二十五世紀になったときに、もちろん人類はいるんですけど、それは今でいう「人」とは違っている。鳥に似ているんです。でも、「鳥っぽい人」というより、「人っぽい鳥」になっている。本質は「鳥」になっている、という歌です。こんな深刻なことを「……なんですね」と日常茶飯事のように言っているところが、おかしい（笑）。驚いているのかもしれないけれど、言い方は妙に丁寧だったりして。本質が「鳥」か「人」かは、とても大きな問題だと思うけれど、それを事実としてあっさり受けとめている感じがするのも、なんだか面白い。それから、この歌は、今の時代の人が二十五世紀にタイムスリップしたときに発言しているんじゃなくて、もっと未来の人、二十六世紀とか三十世紀とかにいる、たとえばカタツムリ人間が、歴史的事実について「そうか、二十五世紀は鳥だったんですね」と言っている場面だ、とも想像できますし。とにかく面白い歌でした。

ちばさと　むいむいも、パワーアップして、立派な鳥になったみたい、なんですね（笑）。

龍哉　ＳＦ的な読みを追究するとしたら、さっきのむいさんの、二十五世紀よりも未来の人の発言だという読みが、とても深いし、面白いと思いました。二十六世紀生まれの若者が、歴史資料集かなんかをめくりながら、二十五世紀生まれの年長者に向かって「二十五世紀って、こんなだったんですね～」と語っている場面を考えると、面白いです。

ちばさと　むいさんの想像力の大きさに、胸打たれました。はるか未来の人が、過去としての二十五世紀を語っているとは！　今回のテーマ「大きな歌」は「大いに驚かされる歌」なのかもしれません。ケムニマキコさん、どうもありがとうございました。

龍哉　次も、動物の出てくる歌です。

平日の動物園でシロサイが地球のかさぶたみたいに眠る

鳥さんの瞼

平日だから、わりと静かな動物園なんでしょう。明るい真昼を想像します。子どもたちが詰めかけて騒いだりしているわけじゃないから、動物たちものんびりしている。その中で、シロサイが眠っている様子が、「地球のかさぶたみたいに」見える。地球が巨大な生き物で、そこから生まれた「かさぶた」だと捉える。かさぶただから、今は、そこにぺったり張りついているけれど、いつかは剝がれてしまう。シロサイも、今はそこで眠っているけれど、やがては起きて、その場を離れていく。サイのざらざらした表皮と、かさぶたも、よく似て見えるでしょう。細かい共通点まで考えた比喩になっていると思いました。

むい　寺井さんの解説を頷きながら聞いていました。「地球のかさぶたみたいに」という比喩ももちろんすばらしいし、「平日の動物園」という場面設定が、全体ののんびりとした空気感をしっかりと補強していていいですね。

龍哉　重量のあるシロサイを、あえて小さな「かさぶた」に喩えているところも、面白いかも。

ちばさと　シロサイの寝姿がありありと浮かんできました。鳥さんの瞼さん、どうもありがとうございました。

壮大なラブストーリーか、大人の言い訳か

ちばさと　次は、『100万回生きたねこ』★1を思い出させる歌です。

人生でただ一人だけ好きになる七回転生してるわたしだ　白川楼瑠

一人の人を好きになって、その人と出会い続けるために、何度生まれ変わっても、その人を追い求めていく「わたし」。わたしも、愛する人も、ともに転生し続けているから、「あ、あそこにいた」「あの人だ」と簡単には見つけられないけれど、生まれ変わった時代で、運命の人を探し続ける。そんな強い気持ちを詠んだ歌なのかな、と思いました。むいむい、どうですか？

むい　私は、違う読みをしていました。今まで七人を好きになった、ということなのかな、と。

ちばさと　え！　そうなの？　龍哉くんは？

★1 佐野洋子〔一九三八〜二〇一〇〕による絵本。一九七七年刊。輪廻転生を繰り返している猫が、心から愛する相手と出会ったことにより、生きる意味を知っていく。

龍哉　僕も、初谷さんと同じように読みました。

ちばさと　え？　俺だけ違うんだ（泣）。

龍哉　誰かを好きになったときには「人生で好きになるのは、この人だけだ」と思うんだけど、そのうちいろいろあって、また別の人を好きになったりする。そのときにも「この人だ。人生でこの人だけだ」と思う。でも、そのあと、また別の人を……、というのを繰り返していて、今まで好きになった人は七人。その言い訳として「七回転生している」と言っているんじゃないかな。

むい　寺井さんの読みだと、そもそも「わたし」は転生していないんだ。別の人を好きになったことを「転生した」、生まれ変わったと言っているだけなんですね。

ちばさと　そうなのか。そうだったのか（泣）。じゃ、これは大人の言い訳の歌なの？　俺はテーマが「大きな歌」だから、何回生まれ変わっても、運命の人を追い求める、壮大なラブストーリーを想像していたよ。『月の満ち欠け』★2みたいな……（泣）。

龍哉　ちばさと読みも、成り立つと思いますよ。まるで『豊饒の海』★3のような世界観ですよね。

ちばさと　おお、三島由紀夫が味方についてくれた！（笑）。こんなふうに一首をめぐって、いろいろな読みを考えられるのも、スペース短歌の面白いところです。白川楼瑠さん、どうもありがとうございました。

★2　佐藤正午〔一九五五〜〕の小説。二〇一七年刊。生まれ変わっても同じ人を愛し続けるという、時空を超えた絆を描く。

★3　三島由紀夫〔一九二五〜一九七〇〕の四部からなる長編小説。一九七一年に完結。夢と転生を描いた壮大な物語。

最後にご紹介する歌

むい　私から最後にご紹介するのは、この歌です。

冬を生きるちからできみが寝坊する　こおりの床を割って出たのね　ぶん

一見、読み解くのが難しい歌に思えますが、じっくり読んでいくと、面白さがわかってきます。「冬を生きるちから」というと、冬を生き抜く、冬を乗り切る力のこと、つまり生物にとっては、冬眠かもしれない。冬眠をしていたせいで寝坊した、体力を温存していたために出遅れた、という感じ。そして、「こおりの床を割って出た」となると、これはもう冬眠レベルではなく、マンモスですよね。氷漬けになって、長く眠っていたマンモスが見つけられた、というイメージ。冬眠でも、氷漬けのマンモスでも、きっと起きてくるのはとても大変。それなのに起きてきてくれてありがとう、という歌かなと思いました。

龍哉　「マンモス」を持ち出して説明してくれたことに、ハッとしました。冬は特に、朝起きるのがつらいですよね。でも、この「きみ」は、寝坊したけれど、とにかく起きてきた。「こおりの床を割って出た」という、とんでもない労力をかけて。「冬を生きるちから」と、冬から抜け出す力を、どちらも感じさせてくれます。

ちばさと　この歌は、語尾の「のね」も面白い。氷を突き破って出てくるというとんでもない行為を、普段のしゃべり言葉で伝えている。題材の大きさに惑わされない口調が素敵です。ぶんさん、どうもありがとうございました。

龍哉　僕から最後にご紹介するのは、この歌です。

君はまだ知らなくていい　初めての迷子になった町の巨大さ　　よるね

初めて迷子になったときの、とてつもない絶望感。どこへ向かっても、どこまで進んでも、知らない場所から抜け出せない、あの失望しかないひとときを、とてもうまく詠んでいるな、と思いました。知らない道、知らない建物が、世の中にはまだまだこんなにたくさんあるんだという、現実に勝てない感覚を「町の巨大さ」と表現したのがうまい。それから、この歌は「君」という幼い人へのメッセージになっている。「君」はやがて大きくなって、一人でどんどん出かけるようになって、いずれは迷子になることもある。でも、まだ今は迷子にならなくていいよ、絶望感を知らなくていいんだよ、と言ってあげる、「君」を守る大きな存在を詠んでいると思います。

ちばさと　そうかぁ。大きいのは町だけじゃないんだ。とてもいい読みだ。いい歌だ！

むい　本当にいい歌ですね。私は、「君」に「知らなくていい」と言っている人も、まだ子どもなのかな、と想像しました。子ども同士にも、大きい、小さいがあるでしょう。一学年の差が大きいこともあるし、小学六年生と一年生とでは全然違う。まだ迷子になったことのない小さな子に向かって、少し前に迷子を経験した少し大きな子が言ってあげているような気がする。ちょっと深読みかもしれないけれど……。

ちばさと　あぁ、むいさんの読み、もっと切なくなってきた（笑）。歌の魅力が増してきますね。よるねさん、どうもありがとうございました。

自由の重力

ちばさと　では、スペース短歌で最後にご紹介するのは、この歌です。

自由にも重力はある地に足がつく方じゃない幸せのかたち　　奥かすみ

多くの人は、地に足がつく、安定感のある幸せを選びがちだけれど、安定感がないほうにも幸せはあるんだ、と教えてくれる歌だと思います。安定感があるとか、将来性があるとか、こっちのほうがリスクが少ないとか、人が幸せを選び取るときには、世間一般の常識に従ってしまうでしょう。でも、本来、人が何を選ぶかは、自由のはず。自由に選べるものの中から、自分にふさわしい重みのあるものを選んでいいはず。安定感がなくても、世間の常識からはずれていても、自分が決めて選んだほうに幸せがある。心の自由さ。自由の大きさ。いい歌だと思います。

龍哉　「重力はある」という表現に飛躍がありますね。

ちばさと　「自由」と「重力」、「じゆう」「じゅう」を重ねているのかな。

龍哉　ええ。それもあるでしょう。言葉の響き、言葉の遊びも、詩歌にとって本質的なことですから。「自由」というと、全てのものから解放されて、軽々とした、ふわふわしたもののようにも思えるけれど、それだって重力からは自由ではない、と言うんですね。どんな選択肢を選んでも、それぞれ重みはあるんだよ、ということだと思いました。「自由」はさまざまなものから解放された状態に見えるけれども、でもその「自由」にすら、重力は働いている、という発見ですね。自由な道を選ぶのもそれなりに大変なんだ、ということでしょうか。初二句の断言に迫力がありますね。

むい　とてもいい歌です。一首全体で、世間一般でいう地に足のついた幸せではない、ふわふわとした幸せもあるんだぜ、というメッセージになっているんだけど、「重力」という単語の影響なのか、この歌にはずっしりした雰囲気がある。「幸せのかたち」という結句で、ふわふわした幸せに、しっかりした形を与えるような印象もあります。ふわふわした主張ではなく、いい意味で重みのあるメッセージになっていますよね。

ちばさと　お二人とも、どうもありがとう。俺は、スペース短歌の最後に、この歌がふさわしいな、と思って選びました。あえて「地に足がつく方じゃない幸せのかたち」を選ぶように、短歌はもっと自由でいい。短歌の中では、どんなものも生み出せる。そういうメッセージをみなさんにお届けしたく思いました。奥かすみさん、どうもありがとうございました。

また必ずどこかでお会いしましょう

ちばさと　最終回、こうして十八首をご紹介することができました。これまで、スペース短歌あてに、すばらしい短歌をたくさんお寄せいただきました。本当は、全ての歌に感謝申し上げて、一首一首について、みなさんと夜通し語り合いたいです。でも、スペースに限りがあり、すみません。みなさん、どうもありがとうございました。では、ここでご案内を。むいむい、お願いします。

むい　はい。十二月一日、東京ビッグサイトで行われます「東京文学フリマ」にて、時事通信出版局さんが、『スペース短歌』のためにブースを出してくださいます。単行本『スペース短歌』は、十二月半ば頃の発売なんですが、なんと、特別に、文学フリマにて先行販売をいたします。通常ルートよりも二週間ほど早く本を手に入れられます。そして、私たち著者三人がブースに入り、みなさんとお話ししたり、サインさせていただいたり、いろいろできます。ぜひ会場にお越しください。お願いいたします。

ちばさと　みなさんとお会いしたいです★1。

お待ちしております。実は、俺、リアルでむいさんに会うのは六年ぶりで

★1　今、この本を読んでくださっている方に、著者一同より、御礼を申し上げます。文学フリマにお越しくださった方、足をお運びいただき、どうもありがとうございました。書店などでお求めくださった方、この本と出会っていただき、どうもありがとうございました。年月を経てから、図書館などで読んでくださっている方、古い小さな本を見つけ出していただき、どうもありがとうございました（ちばさと談）。

す★2。早く会いたいね。
むい　本当に。今から楽しみです！
龍哉　ですね。私は何年ぶりだろう★3……。
ちばさと　最終回ですから、ちょっとおはなしさせてください。若くて才能豊かなお二人とご一緒させていただき、とても幸せでした。初谷むいさんは、他の人にはなかなか真似できない、独自の作品世界を生み出している方です。感情の揺れ、何気ない日々の中で輝いて見える一瞬などを、忘れがたい歌にしてくれる、すばらしい歌人です。寺井龍哉くんは、一緒に仕事をするときに、いつも力強くささえてくれます。とっても信頼しています。文学を愛し、文学に愛されている、面白くて刺激的な書き手の一人です。お二人に、心から感謝しています。また、服部真里子さん、枡野浩一さんはゲストとしてお力を貸してくださいました。どうもありがとうございました。そして、自己紹介が遅れましたが、私、千葉聡と申します。スペース短歌の進行役をつとめさせていただきました。では、お二人から最後のご挨拶を。
龍哉　最終回のテーマは「大きな歌」で、いろいろなタイプの「大きな歌」を読めて幸せでした。たくさんの短歌から、ほんのわずかしかご紹介できず、すみません。また、毎月こうしてスペース短歌が開けて、楽しかったです。千葉さんは、この歌が、この小説が、と、どんな作品の話をしても、何でもわかってくれるので、安心できます。初谷むいさんは、歌人としても最高ですし、歌の評を聞いていても面白い。解釈する

★2　角川短歌主催の「学生短歌バトル」で、初谷氏のチームが優勝したとき、千葉氏は予選の選者をつとめていた。

★3　初谷氏と寺井氏は、以前に会ったことがあるかもしれないし、ないかもしれない。残念なことに、二人とも正確な記憶がない。

ときの前提が、初谷さんと私とではかなり違っていて、そこがとても楽しくて、勉強になりました。スペース短歌は終わってしまいますが、また必ずどこかでみなさんと、歌について楽しくお話ししたいと思います。どうもありがとうございました。

むい　スペース短歌、いよいよ終わりの時間が近づいてきました。胸にグッとくるものがあります。「スペース短歌」として始めて、「大きな歌」で終わるというのは、なかなか見事な伏線回収だなと思います（笑）。私は、スペース短歌は大きな教室のようだと思っていました。誰もがふらりと入れて、語り合ったりできる場所。毎回来てくださる方もいれば、思い出したようにたまに寄ってくださる方もいる。もちろん、そこには千葉さん、寺井さん、編集の大久保さんがいつもいてくれて、いろんな話ができる。短歌をやっているみなさんと、不思議な一体感が持てる。そんなスペース短歌を、どうもありがとうございました。それから、千葉さんがたびたび話してくれることですが、文学を通じて交流する場があれば、救われたり、未来を信じる力を得られたりする人が必ずいるということ。その話を聞くたび、私は、強く、深く頷いていました。私自身、短歌を詠むことで救われてきたし、短歌には誰かの未来を紡ぐ役割があると思っています。スペース短歌でこうしてみなさんと交流する場を持てたことが、とても幸せで、光栄です。いつもやさしくあたたかく進行してくださった千葉さん、冷静で深くて鋭い読みによって何度も驚かせてくださった寺井さん、歌を寄せてくださり、スペースを聴いてくださった、たくさんのみなさま、本当にありがとうございました。

ちばさと　龍哉くん、むいさんのお言葉、胸が熱くなりました。ありがとうございました。みなさん、また必ずどこかでお会いしましょう。本当にどうもありがとうございました。

むい・龍哉・ちばさと　ありがとうございました！

何度でも

初谷むい

あなたによるあなたのための言葉が、あなたに力をもたらすこと。それが創作なのだと思います。では、そうやって作られたあなたの作品を、他人であるわたしたちが読み解くことにどんな意味があるのでしょうか。わたしは、短歌は作るだけではなく読み合うことによって、わたしはわたしと、あなたはあなたと出会いなおすことができるのだと考えています。だれかの言葉でわたしの作品が語られる時、作品はわたしから一度離れ、少し時間をおいて、わたしに帰ってきます。そのとき見せる顔は、語られる前とは少し違う顔でしょう。そしておもしろいことに、だれかの作品を読み解いているとき、わたしたちは、自分自身の気づいていなかった考え方に気付くことができます。読まれて、読み解く、そのどちらでも、わたしたちはあたらしいわたしたちに出会うことができるのです。

スペース短歌で、たくさんの短歌に出会うことができました。そして、たくさんのあたらしいわたしにも出会うことができました。さらに、わたしは一人ではありませんでした。千葉さん、寺井さんと短歌について語り合う時間はとても満たされていて、それはおふたりもきっと同じだったと思います。

わたしは短歌が好きです。作ることがうまくいかなかったり、自分自身の失敗によって、何度も何度も諦めなきゃと思ったことがありました。それでも、どうしても短歌が好きでした。短歌だけがわたしにとっての言語だったのです。短歌に拒絶されているように感じた日があり、最高の短歌を読んだり作ったりできた何にもかえがたいよろこびの日がありました。どんなときも、短歌はわたしのそばにいてくれました。創るよろこび。読むよろこび。そのなかで、あたらしい自分に出会えるよろこび。わたしには短歌がある、と思うときの、どうしようもない明るさのことをわたしは信じています。

いま、ここにいるあなたが短歌のことをもっと好きになってくれたらそれ以上のことはありません。短歌が、あなたを支えるひとつの大切な柱になったなら、そしてわくわくするような、あなたのあたらしい短歌と出会えたなら。そんな願いを込めて、このあとがきを終わりにしたいと思います。

楽しい真剣勝負

寺井龍哉

ひとつ仕事を終えて部屋に帰ってくると、西向きの窓から大きな夕日が見える。汗を拭き、手を洗い、換気のために窓を開ける。ケトルに水を汲み、湯が沸くのを待ちながら椅子に座る。しばらく目をつぶっていると、いろいろな音が聞こえてくる。遠く、線路を過ぎてゆく電車の音。自動車のエンジン音。風に鳴る木々の音。小学生たちの嬉しそうな声、キーホルダーが触れあう音。カラスの鳴き声。自転車のベルの音。

外はだんだん暗くなる。風がつめたくなってくる。それぞれに、てんでばらばらに、一日が終わってゆく、と思う。ふと、しばらく会っていない人のことを思い出す。少し心配する。でも、きっと大丈夫だと思う。

さて、お湯が沸いたら、今夜の「スペース短歌」のことを考えよう。

☆　☆　☆

X（エックス）で短歌を募集して、「スペース」という機能を使って話をする。そんな企画が持ち上がったのは、ずいぶん前のことだ。千葉さん、初谷さん、編集の大久保さんと打ち合わせをして、あれよあれよという間に、スケジュールの詳細が決まっていった。

月に一度、平日の夜八時からの配信。目の前の短歌について、ただ楽しく話せばいいのだろう、と思っていた。千葉さんと初谷さんとなら、話題に困ることもないはずだ。しかし、甘かった。すぐに気がついた。初谷さんは、目の前の歌への第一印象から、絶対に目をそらさない。漠然とした違和感、得体のしれない驚きの源を、丁寧に探りながら話す。千葉さんは、短歌のわずかな言葉から、大きな物語を発見する名手だ。いつのまにか、歌のなかの登場人物になりきっている。これは、手ごわい。

そして何より、寄せられたたくさんの歌の面白さ、難しさ。どうしたらこの歌の一番いいところに光をあてられるか。「スペース短歌」は毎回、楽しい真剣勝負の場だった。

短歌は難しくない。一首の歌を読むことは、すぐにできる。でも、短歌は難しい。一首の歌について、そのすべてを語りつくすことは、決してできない。本書をお読みになった皆さんが、そのことを感じていただけたら、それ以上の喜びはありません。

短歌って

千葉　聡

八十歳の母の介護をしている。「スペース短歌」を開く夜は、母の夕食を早めに作り、テーブルに並べる。

「これから九十分間、短歌ラジオに出るんだから、お母さんは、一人でちゃんとご飯を食べているんだよ」

「わかった。大丈夫だよ。聡はディスクジョッキーを頑張ってね」

　何回か「インターネットのＳＮＳに、スペースという機能があってね……」と説明してみたが、母にとっては「短歌ラジオ」という言い方がいちばんしっくりきたらしい。そして、母の世代にとって、若者向けのラジオ番組の司会者は、やはり「ディスクジョッキー」なのだろう。

　二十時。スペース短歌が始まる。聡は少しテンションを上げてトークする。母は微笑みながら、音を立てないように、静かに食事を始める。

「今夜も、とってもいい番組だったね」

スペースを終えると、母は必ず褒めてくれる。そのときの母の顔が、急に若返って見えるから、とまどってしまう。

「あ、ありがとう」

「短歌を紹介された方は、喜んでいるね。むいむいさんは、ずいぶんおはなしが上手になったね。龍哉さんは、とってもいい声だ」

足腰が弱くなり、一人で歩けない母にとって、スペース短歌は、生活に変化をもたらしてくれるお祭りだったかもしれない。トークの内容をどれだけ理解してくれたかはわからない。でも、母は母なりに楽しんでくれた。

先日、最終回を終えたあとで、母はしみじみと言った。

「短歌って、みんなを幸せにするものだね。なにしろ、聡が何度も大笑いして、とっても楽しそうだったよ」

「スペース短歌」にかかわってくださったみなさま、本当にありがとうございました。宇宙の広がりのある表紙絵を描いてくださった石神雄介さん、装幀の大﨑奏矢さん、この本がいい形で刊行されますようお力添えをくださいました大内丙午さん、鴨志田新悟さん、時事通信出版局のみなさん、どうもありがとうございました。最後になりますが、『スペース短歌』の名付け親でいらっしゃいます、魂の熱き編集者・大久保昌彦さんに、著者一同、こころからの感謝をささげます。

付記

スペース本番前にXでテーマをお知らせし、みなさんからテーマに沿った新作の短歌を募集しました。また、告知にあたりまして「スペース短歌に投稿していただいた短歌を、単行本『スペース短歌』に引用させていただくことがあります。あらかじめご了承ください」というお願いも書き添えました。

本書の制作中、アカウントが変更されたなどの理由から、引用歌の作者の方と連絡がとれなくなったケースがありました。お心当たりのある方で、このページをご覧になった方がいらっしゃいましたら、時事通信出版局（連絡先は最後のページをご覧ください）までお声がけください。本書を一冊、寄贈させていただきます。

たくさんの方に「スペース短歌」をお聴きいただきまして、どうもありがとうございました。

初谷むい　Hatsutani Mui

一九九六年生まれ。北海道育ち。歌人。著書に、『花は泡、そこにいたって会いたいよ』『わたしの嫌いな桃源郷』など。色と匂いと味のついた夢をよく見る。

寺井龍哉　Terai Tatsuya

一九九二年、東京都生まれ。歌人・文芸評論家。武蔵野大学文学部専任講師。第32回現代短歌評論賞を受賞。共著書に『万葉集の基礎知識』など。映画評論も手がける。揚げ物、安くて大きいパンが好き。

千葉　聡　Chiba Satoshi

一九六八年、神奈川県生まれ。歌人。横浜サイエンスフロンティア高校教諭。國學院大學講師。第41回短歌研究新人賞を受賞。著書に『微熱体』『短歌は最強アイテム』『飛び跳ねる教室・リターンズ』など。聴いた曲は、ピアノで弾けます。みなさんからリクエストしていただけたら、どんな曲でもだいたい弾けます。

スペース短歌

2025年1月5日　初版発行

著者　初谷むい　寺井龍哉　千葉 聡
発行者　花野井 道郎
発行所　株式会社時事通信出版局
発売　株式会社時事通信社
〒104-8178 東京都中央区銀座5-15-8
電話03（5565）2155 http://book.jiji.com
印刷・製本　精文堂印刷株式会社
編集　大久保 昌彦

ISBN978-4-7887-2006-0 Printed in Japan